Jürgen Theobaldy
Sonntags Kino
Rotbuch 194

Jürgen Theobaldy
Sonntags Kino

Roman

Rotbuch Verlag Berlin

Satz und Druck Poeschel & Schulz-Schomburgk, Eschwege
Printed in Germany.
ISBN 3 88022 194 4

In diesen Tagen hatten sie nichts
Bestimmtes vor, keiner von ihnen.
Sie wollten nicht älter sein,
und sie wollten nicht jünger sein.
Aber so wie sie waren, abends am Platz,
an den Zaun gelehnt, so wollten sie
schon gar nicht sein. Die Kofferradios
liefen nicht, hastig nahmen sie
die aufgewärmten Batterien vom Herd,
tagelang das Kuvert vom Jugendamt
auf der Küchenwaage, es gab noch
eine Ladung Kohlen aus dem Keller
zu holen, dann waren sie draußen.
Die Nachtstationen spielten
immer neue Lieder, während der Alte
mit hängenden Trägern über der Hose
ins Schlafzimmer schob, dort spielte
sich nichts mehr ab. Vom Qualm
gekränktes Gespenst! Es kehrte
nicht zurück, es blieb ihnen vom Hals,
als sie um die Ecke zogen, wo sich
die Mädchen trafen und ewig herschielten,
kitzelnde Achselhöhlen, wer will
die Zähne poliert haben? Lach' nicht,
gib mir ein Kaugummi! Ein Pulk
unter der Straßenlampe, der sich
allmählich verlief, in spätere Jahre,
ohne Begründung.

Am Platz

Der Anfang war nur Spaß gewesen, ein Zweikampf unter Freunden, sagten sie, ohne Nachtreten und miese Tricks, die Waffen waren am Eingang abzugeben. Aber schnell merkten sie, daß Dieter nicht an Muff herankam und daß Muff hartnäckig kämpfte, als ginge es um einen Platz in den besseren Reihen, das machte sie aufmerksam. Wahrscheinlich hätte Dieter sich vorhin nicht auf diese Weise über Uschi auslassen sollen, die bekannten Sprüche, mit denen er nichts beschreiben oder erklären wollte, eine Möse feucht wie ein Eimer Wasser, Wendungen, die sie alle benutzten, um jemanden zu reizen. Und Uschi war vorher Muffs Frau gewesen, auf der Kirmes waren sie beide Arm in Arm herumgezogen, Muff hatte zwei Lebkuchenherzen geschossen, Für immer Dein, weiß aufgespritzt, nur aus Spaß, wie Muff sagte, aber immerhin. Daß Dieter jemals mehr als Uschis Brüste in der Hand gehabt hatte, glaubte keiner, Dieter paßte nicht immer auf, wie weit er gehen konnte, er hatte schon mit allen Krach gehabt, vor drei Samstagen war er sogar mit einem Veilchen aus der Innenstadt zurückgekommen. Montags war er hinter einer Sonnenbrille im Betrieb aufgetaucht, und zuerst hatte Riko gedacht, jetzt fängt er an zu spinnen, jetzt will er auf Playboy machen und sich absetzen von uns. Aber dann hatte Dieter die Sonnenbrille abgenommen, sehr vorsichtig, gar nicht lässig, und Riko hatte ein blaues Auge gesehen, das beinahe so dunkel wie das Brillenglas gewesen war, schillernd, fast verfault, die Haut. Die Stelle, stark geschwollen, war kurz vor dem Aufplatzen gewesen, mit dem winzigen Eiterbeutel hatte sie abschreckend ausgesehen, wie eine Leprabeule in den Gesichtern der Negerkinder auf den Plakaten an den Litfaßsäulen, wo immer mal wieder zum Spenden aufgefordert wurde.

Riko lehnte Schläger ab, er hatte auch Angst, wollte nicht, daß Dieter eines Tags mit tätowierten Unterarmen ankam und sogar die eigenen Freunde aufpassen mußten, was sie sagten. Dieter konnte jemand quälen, hatte er ihn erst in seiner Gewalt, er war imstande, selbst einen Freund wie Dotz an den Haaren

vom Boden hochzuziehen, das hatte er neulich gemacht, hinten im Park, obwohl Dotz gut einen Kopf kleiner war und jeder wußte, auch Dieter, daß sich Dotz gegen ihn keine Chance ausrechnen konnte.
Mit Muff hier sah es nicht besser aus, selbst wenn Dieter ihn immer noch nicht untergekriegt hatte. Jetzt versuchte er wieder, Muff das Bein zu stellen, seinen Kopf in den Schwitzkasten zu drücken, und wieder rutschte Muff heraus, nach hinten weg. Er taumelte, fiel aber nicht um, er war schnell, war immer gut für einen Treffer gewesen, Dieter bekam ihn nicht in den Griff. Dagegen Muff, plötzlich tauchte er hinter Dieter auf, schob beide Arme unter dessen Achselhöhlen durch, über die Brust hoch zum Hals und hakte im Nacken die Finger ineinander. Doppelnelson, sagte Riko, hier spucke ich hin.
Nach allem, was sich letzte Woche im Park abgespielt hatte, Dotz Dieters Launen ausgeliefert, ließ diese Wende Dotz zittern, er fuhr durch seine krummen, senffarbenen Haare, mach ihn fertig, Dieter! rief er und lachte, Dieter zeig's ihm! rief er noch einmal, schlag ihn zusammen!
Das war hämisch gemeint, zum Lachen, die Rache durch Wörter, aber niemand lachte, Muff hatte dazu nicht die Luft, Dieter angelte mit dem Fuß nach hinten, Muff wich auf seinen kurzen Beinen aus, ohne den Griff zu lockern, so stolperten die beiden über den Platz. Eckige Bewegungen, die Sohlen rutschten auf dem Sand ab, sie knatterten über den steinigen Boden darunter, Staub wallte hoch und schwebte sanft weg, doch keiner der beiden schlug hin, Dieter ging auch nicht in die Knie. Er war stolz, das wußte Riko, einmal hatte er, aber es war schon lange her, in der Schule vier Tatzen hintereinander abgefaßt, ohne zu heulen. Riko hatte das so wenig vergessen wie die zwei Tatzen, die der Lehrer ihm übergezogen hatte, Riko hatte gespürt, wie die Gesichtszüge sich seiner Beherrschung entzogen, wie sie unabwendbar in eine verzerrte Grimasse hinüberrutschten, aus der er sie nicht zurückholen konnte, so schmerzten die Schläge. Mit Schweißausbrüchen und einer letzten Anstrengung, daß es ihm schließlich wie ein Glücksfall erschienen war, hatte er es zurück in die Bank geschafft, ohne in Tränen auszubrechen. Die Hände waren an ihm heruntergehangen, taub, wie abgeklemmt, er konnte sie nicht ineinan-

derfalten und schob sie unter die Achseln wie zwei schlappe Vögel.
Jetzt wirst du von einem Tankwart gedrückt, sagte Muff, wieder besser bei Atem. Ein Tankwart macht dich fertig, da siehst du's!, rief Dotz und war dabei, die Bewegungen nachzuahmen, sich hineinzuhängen in die Linien des Kampfes, die weicher wurden, Zuckungen, die nachließen. Dieter, immer noch im Armhebel, keuchte, der Atem wirbelte vor seinem Mund, zerfiel an den Rändern, verlor sich vollends in der abendlichen Kühle. Für dieses Mal waren Dieters Chancen vorbei, aus Muffs Armen konnte er sich nicht mehr herauswinden; ein perfekter Griff drückte Dieters Arme nach oben, wie welke Blätter hingen die Hände herunter, nichts gab es in ihrer Reichweite, nichts zu stoßen oder zu schlagen, Muff war so nahe und doch nicht zu packen. Da gab Dieter auf, etwas, womit keiner gerechnet hatte, und auch darauf war niemand gefaßt, daß Muff die Hände ineinander gekrallt ließ, er klammerte weiter die Arme um Dieters Nacken, schob ihn vor sich her, versuchte, die Knie in Dieters Kniekehlen zu drücken.
Dotz hörte auf, neben den beiden herzutänzeln, Riko sah zu ihm hin, sah wieder auf Dieter, der nach hinten kippte, sich nach vorn zu werfen suchte, um sich wieder zu fangen. Er machte zwei, drei Schritte, schwankend und abrupt, ohne Möglichkeit, die Richtung zu bestimmen, er taumelte, knickte mit dem Fuß um, stürzte in den Sand des Messeplatzes.
Muff fiel mit, erst im Fallen glitt Dieter aus dem Doppelnelson heraus, er warf sich auf den Rücken und hieb Muff, der neben ihn hinstolperte, die Faust ins Gesicht, das Geräusch des Aufpralls ließ Riko zusammenzucken. Dotz stand auf einmal ganz steif da. Zu weit gegangen, war alles, was er sagte, und da hatte Dieter erneut zugeschlagen, das Gesicht erhitzt, rote Flecken auf den Backen. Muff empfing diesen Schlag mit sehr erstauntem Gesicht. Wie einer im Kino stirbt, wie er langsam umkippt, von einer Kugel überrascht, getroffen für immer: So sahen sie das im Film, und jetzt stimmte es, Riko sah zu, sah, wie sich Dieter über Muff wälzte, das Hemd hing wie ein trockener Lappen aus den Jeans, Muff nahm die Arme hoch, versuchte abzublocken. Aber damit kam er nicht aus der Deckung heraus, so ließ sich nichts ausrichten, nicht kon-

tern gegen Dieter, der seine Schläge durch Muffs Verteidigung trieb, unbeherrscht schlug er, ohne zu zielen, er drosch darauflos, und Riko dachte nichts mehr, fand sich über Dieter, er packte ihn an den Schultern, riß ihn zurück. Bist du verrückt geworden, wir machen hier keinen Streit! Schlägereien, das gibt's nicht zwischen uns.

Finger weg! brüllte Dieter, machte sich los, fuhr herum, er starrte auf Riko, als habe er ihn noch nie zuvor gesehen, und einen Augenblick lang schien Dieter bereit, auch ihm ins Gesicht zu schlagen, sofort, bedenkenlos. Er ließ jedoch die Arme unten, okay, okay, sagte er, hilf du nur deinem Freund. Dieter winkte ab, drehte sich weg und begann, den Sand von seinen Hosen zu klopfen. Ich kenne ihn nicht besser als dich, sagte Riko hinter ihm her, dann entspannten sich die Sehnen in den Kniekehlen, wurden locker, weich wie ein Fahrradschlauch. Das war einer von jenen Abenden, an denen etwas los war, ein Geschehen, auf das sie warteten, wenn sie sich am Platz trafen, nicht eingestandene Hoffnungen, die plötzlich Gestalt annahmen, Sehnsüchte nach chaotischen Einbrüchen, nach Querschlägern im Tagesablauf. Dotz hatte die Fäuste geballt, lief auf und ab, jedesmal drehte er sich ruckartig um, heute ging er nicht mehr an die Fräsmaschine.

Muff kam nur langsam hoch. Er richtete sich auf, träge vor Erschöpfung; den Handrücken drückte er gegen die Lippen, auch sein Gesicht war rot angelaufen. Mit der anderen Hand schob er die Haare in einer müden Bewegung aus der Stirn. Wer wußte jetzt weiter, was sollten sie noch sagen, wo sie schon mit den Fäusten aufeinander losgestürzt waren? Jetzt mußte jedes Wort schwach wie die Funzel über dem Notausgang wirken. Jochen war nicht da, er hätte längst irgend etwas gesagt, die Spannung zerredet, die Verlegenheiten in Wörter aufgelöst. Aber jemand, der immer redete, verlor an Schlagkraft, und vielleicht wäre es gerade Jochen gewesen, dem Dieter noch eins verpaßt hätte.

Wie sieht es aus, sagte Riko schließlich zu Muff. Er sagte es sehr leise und beugte sich dabei vor, schaute weg von Dieter, schaute zwischen Muffs Handrücken und den Lippen nach Blut. Ist was, sagte Riko, und Muff nahm die Hand weg, blute ich? fragte er.

Das nächste Mal werde ich dich zeichnen, sagte Dieter, du blutest nicht, sagte Riko. Muff schlenkerte die Glieder, lockerte die Muskeln, na also, sagte er, was willst du? Kein Blut zu sehen.

Bedank dich bei Riko, sagte Dieter und ließ die Arme sinken wie nach einer getanen Arbeit, er ging hinüber zur Bank, hob seine Jacke, imitiertes Leder, von der Lehne.

Wie hätte es weitergehen sollen? sagte Riko. Dieter gab keine Antwort. Er nahm einen Kamm aus der Tasche und zog ihn durch seine langen blonden Haare, die vom Haaröl schwer und fest waren. Mit der flachen Hand drückte er sie nach vorn, bis sie sich über der Stirn zu einer Welle türmten, alle machten das so, auch Muff suchte nach einem Kamm, nahm schließlich den von Riko, Riko gab ihm seinen Taschenspiegel. Dunkel war es geworden, und kalt war es auch schon, um diese Jahreszeit, einem späten Herbst. Drüben in der Bäckerei flammte das Neonlicht in der Auslage auf und ließ die Brötchen wieder leuchten, goldgelb, wie auf der Reklame. Bei der Apotheke war schon länger Licht, auch bei der Sparkasse im Neubau. Und die Frauen mit ihren Kindern, die den Nachmittag über rund um die Sandgrube gesessen waren, sie hatten Schaufel, Rechen und Eimer, Sandkuchenformen aus Blech und Plastik, das ganze Spielzeug zusammengesucht. Sie waren gegangen und schauten nicht mehr mißtrauisch her. Hier im Kalten war ihnen der Tag zusammengeschrumpft auf das Abendessen, die Kinder im Bett, der Mann am Tisch, Radio an, so kannte das Riko von früher.

Die eingeschalteten Lichter in den Läden um den Platz, die Lichter aus den Häusern, warme, honigfarbene Lichter, gaben der Umgebung etwas Vertrautes, aber auch Trostloses; Schatten waren plötzlich da, still und doch verletzend nahe, niemand konnte sie vertreiben, sie lauerten, von einer fremden Macht geführt, wie hier den Platz ausleuchten?, heute würde es nicht mehr heller werden. Paul, bist du das? fragte Riko und fröstelte, nein, war er nicht, so ungeborgen standen sie hier herum, trauten sich auch nicht ins Roxy in der Innenstadt, wo Dieter sein blaues Auge geholt hatte. Die Großen gingen dorthin, Gunter und die anderen, das wäre auch etwas für sie, aber die Großen ließen sie da nicht hinein, die brauch-

ten immer welche, von denen sie sich unterscheiden und gegen die sie aufbegehren konnten, und sie suchten auch solche, zu denen sie wohlwollend sein und die sie doch zurückstoßen konnten, wann sie wollten, die Großen in ihren echten Lederjacken.
So standen sie hier herum, der Feierabend begann zu zerfallen, ein Frösteln im Herbst, ihre Körper waren noch den Sommer gewohnt, Kühle schob sich klamm zwischen sie und ihre Kleider, sie zogen das Genick ein, drückten die Schulterblätter zusammen, die Straßenlampen strahlten sirrend aus dem Dunkel herab. Sie setzten sich auf das hölzerne Geländer, es war braun gebeizt, fast schwarz, nur weiter drüben schimmerten zwei hellere Pfosten, die erst ein paar Wochen alt waren. Hier hatten sie Teile des Geländers einfach abgeräumt, ein Querbalken war gebrochen gewesen, Dieter hatte nachgefaßt und den nächsten Balken geknickt, und das Ganze wurde immer systematischer und sinnloser, aber es befriedigte auch, so sehr, daß keiner abhaute, nachdem sie fünf Meter Zaun zu Kleinholz gemacht hatten. Plötzlich war ein Streifenwagen an den Bürgersteig herangefahren, und es war ein merkwürdiges Gefühl gewesen, dort einzusteigen, unter den Augen der Leute, die stehengeblieben waren und zuschauten, Riko und die anderen waren auf einmal aus den Schwarzweißfotos der Illustrierten in die Wirklichkeit getreten, weißt du noch, Al Capone im weißen Hemd, wie er grinsend in den Polizeiwagen stieg oder war es Babyface Nelson? Wo blieb ihre Zigarre, wer schob die Daumen hinter die Hosenträger, bevor er sich bückte, um auf dem hinteren Sitz zu verschwinden? Sie gewöhnten sich sehr schnell an die neue Situation, mußten sie auch, sie konnten ja nur stolz einsteigen und sich nicht verkriechen auf dem Rücksitz, gerade weil die Leute hineinguckten mit Gesichtern, als sähen sie hier die zukünftigen Gangster, die in ein paar Jahren den Stadtteil terrorisierten, wenn man sie nicht rechtzeitig die Härte des Gesetzes spüren ließ.
Doch sie waren junge Burschen, schnell beleidigt, und sie ließen sich nichts gefallen, ihre jungen Gesichter vom Trotz wie aufgedunsen, die Augen schmal, mürrische Mundwinkel, aber vor allem jung, so jung, daß es prima war, einfach an den Straßenecken herumzustehen, am Eingang von Kneipen oder hier

auf dem Platz, ohne etwas Besonderes zu tun und nichts weiter zu zeigen als den Widerwillen davor, sich nützlich zu machen, sich einzusetzen für irgend etwas, das schon vor ihnen dagewesen war; sie wollten niemandem zu Hilfe kommen, sie waren der Meinung, daß auch ihnen niemand half, vor allem wollten sie gar keine Hilfe für sich, eher wollten sie Kippenstechen gehen oder erschossen werden, in einer Seitenstraße, im Türrahmen eines umstellten Hauses oder mitten auf einem belebten Boulevard während der Hauptverkehrszeit.

Beim Jugendrichter hatten sie zwei zu zwei eintreten müssen, Riko war zusammen mit Dieter vor dem Schreibtisch gesessen und hatte auf dessen schroffe Antworten, auf Einwände gewartet, aber sie waren nicht gekommen. Sie hatten sich die Belehrungen angehört und die Fragen, warum sie so etwas getan hätten, ein Geländer aus Holz einzureißen, sie hatten gehört, wie der Jugendrichter sagte: Aus jugendlichem Übermut, was? und sie hatten gesagt, ja, aus jugendlichem Übermut. Aber dann konnten sie sich kaum mehr beherrschen vor Lachen, in der Schule hatte Dieter immer sein Taschentuch in den Mund gestopft, wenn er drauf und dran war loszuplatzen, jedoch vor dem Jugendrichter war das nicht möglich gewesen, er saß hinter dem Schreibtisch und redete auf sie herab mit einer Stimme, die zeigen sollte, daß er alles verstehen wollte. Aber wieso hat der Mensch, zwei Meter von ihnen entfernt, nicht gemerkt, daß sie gleich auseinanderbrechen mußten vor Lachen? Dann war ein Witz aus seinem Mund gekommen, eine scherzhafte Bemerkung, nicht wahr, sagte er da, und sie hatten gebrüllt vor Lachen, sie schlugen sich gegenseitig auf die Schenkel. Riko meinte später, daß es vielleicht Absicht gewesen war und der Richter ihnen eine Hintertür geöffnet hatte, durch die sie sich hinauslachen konnten, aber andererseits verstand er nichts von ihnen, nichts, wie auch die anderen sagten, die er ebenfalls gefragt hatte: Aus jugendlichem Übermut, was?

Sie lachten auch jetzt wieder, als Dotz davon erzählte, zum wievielten Male tat er das, doch wenn sie so herumstanden, an das Geländer gelehnt, oder auf ihm saßen, fielen ihnen auch wieder dieselben Dinge ein, alte Geschichten, Horrorkisten, all diese Sachen, die sie nicht tun durften oder sollten und die sie doch getan hatten. Sie hatten auch schon in einer tagelangen Angst vor dem Jugendamt gelebt, davor, verraten und in eine Erziehungsanstalt gesteckt zu werden, als es hieß, Sylvia habe ihrer Mutter alles über den Striptease erzählt, in den Gärten beim Park. Mich holen sie zuerst, weil ich keinen Vater mehr habe, hatte Peter gesagt, der, der ein halbes Jahr davon redete, Jagdflieger zu werden, während sich die anderen vor Lachen bogen, immer wollte er recht behalten mit dem Satz: Warum soll ich denn kein Jagdflieger werden? Weil du keiner wirst, basta, sagten sie; er war auch keiner geworden, war nicht in die Erziehungsanstalt gekommen, statt dessen fuhr er jeden Tag in den Hafen, machte auf Export, am Schreibtisch, als Lehrling. Aber er kannte jetzt die Schiffe, die Binnenfrachter und Speditionsfirmen wie Rhenania, auch andere, und er konnte einen Platz in einem Fernlaster besorgen, mit dem man umsonst nach Holland kam, die Nacht hindurch oder auch nur nach Köln, überhaupt in jedes Kaff, das auf der Strecke lag. Zu Riko sagte er, daß er auch einen Wagen nach Cannes auftreiben könnte, für den Urlaub im Sommer, er mußte bloß den Fahrer fragen und Riko konnte ja von Cannes aus leicht weitertrampen. Aber es hatte dann doch nicht geklappt, und Riko war drei Wochen lang in den heißen Straßen herumgestanden, war im Schwimmbad gewesen, nirgends sonst, hatte den Frauen in den Ausschnitt ihrer Badeanzüge gelinst, auf die Wölbungen ihrer Brüste, wo sie im Halter verschwanden, auf die Venushügel, die sich unter Bikinis abzeichneten, und er hatte seinen steifen Schwanz gegen das Badetuch gepreßt. In den Umkleidekabinen hatte er seinen Schwanz aus der feuchten Badehose geschält und ihn gerieben und wieder aufgehört und war in die Grünanlagen hinausgetreten, in die verstaubten Straßen, die leer und dösend dalagen, solange sich die anderen im Urlaub aufhielten, in Italien oder mißmutig am Bodensee, oder in ihre Betriebe gesperrt blieben, um die Mittagszeit.

Doch jetzt war es kalt geworden, zu kalt, sie überquerten den Platz, der allmählich ins Dunkel sank, sie schlenderten unter dem grau gestrichenen Gestänge der Schaukel hindurch. Im Sommer hingen zwei Schaukeln an der Querstange herab, mit rot und grün lackierten Sitzbrettern, aber diese Woche hatte sie ein Mensch im blauen Overall abgeschraubt, die Stadtverwaltung würde sie erst im Frühjahr wieder anbringen lassen; weil im Winter niemand schaukelte, durfte auch niemand schaukeln, so etwas Ähnliches mußten sich die Hengste von der Stadtverwaltung gedacht haben. Und darüber würde es Winter und wieder Frühling werden, und in einem Jahr war die Lehrzeit auch vorbei und was weiter? Als sie klein genug waren, um in diesem Sandkasten zu spielen, hier rechts, da hatte es ihn noch gar nicht gegeben. Ruinen waren da, verwahrloste Gärten am Stadtrand, mit staubgrauen, trockenen Blättern, die Brombeerhecken hinten voll mit dunklen, staubigen Beeren, Büsche voll schwarzer Augen, und der Schütz aus dem nahen Park drehte seine Runden auf dem Fahrrad, mit einer Schirmmütze und einem Stadtwappen am Ärmel der Uniform, ein kleiner, drahtiger Mann, der ihr Feind war. Höhlen im Gebüsch waren da, Riko erinnerte sich, und wer war denn noch dabei, als Sylvia ihnen dort ihre Möse zeigte? Sie hatte kaum Haare dran, ein bißchen blonden Flaum, nur mit der Brille zu sehen, und ein Jahr später, wieder im Sommer, saßen sie alle in dieser schmalen Lichtung, versteckt vor den wenigen Leuten, die hier durch das verwilderte Gartengrundstück stiegen, um ihren Weg vom Schwimmbad nach Hause abzukürzen. Sie hatten die Hosen unten und rieben an ihren Schwänzen, und bei den meisten kam noch gar nichts oder so gut wie nichts, ein milchiges Tröpfchen, für das sie unterschiedliche Erklärungen hatten, nicht einmal einen richtigen Namen, es war das, so glaubten sie, was die Wichsflecken verursachte, im Laken im Bett. Eine Zeitlang war Dieter der Größte gewesen, der erste mit Haaren um den Schwanz, alle scharten sich um ihn und sahen zu, wie sich das Ding dunkel emporwölbte, und Riko hatte zu ihm gesagt, Ende des Sommers habe ich auch so viele Haare, man kann sie jetzt schon sehen.

Als sie mitten durch die Grünanlagen stiegen, durch den Streifen kahler Büsche, an denen nur noch ein paar Blätter hingen wie an einem dünnen Faden, spürte Riko die Feuchtigkeit des Laubs unter den Schuhsohlen, den feuchten, schmutzigen Sand, über den die Blätter rieben. Die Abende, die einen schaudern machten, waren jene im Herbst, wenn das Wetter allmählich umschlug, die Sonne ein flacher, kalter Teller am Him-

mel wurde, der Mond früh über den Dächern stand und an Winterabende erinnerte, die Riko vor dem Radio in der Küche zugebracht hatte, während seine Mutter herumhantierte. Wenn er es genau überlegte, hatte sie immer etwas zu tun, es fiel ihm aber nicht ein, was, er hatte nie genau hingesehen. Überall um den Platz herum strahlten jetzt die Lichter der Geschäfte, auch das Schild vom Goldenen Krug leuchtete, weiß, mit roter Schrift um einen grünen Rahmen, der die Form eines Bierkrugs hatte. Sie hatten begonnen, wie die Großen, dort öfter hineinzugehen, am Sonntag nach dem Kino saßen sie meistens darin, würfelten aus den weichen, schief gestoßenen Lederbechern und ließen den Verlierer die Runde zahlen.
Doch unter der Woche gingen sie nicht dorthin, mischten sich nicht unter die sabbernden alten Männer, die Skat spielten, am Glas nippten und zusammen mit ihrer Rente enden würden. Sollen wir hineingehen? sagte Dotz, nein, lieber geh ich nach Hause, sagte Muff und ging auch wirklich weg, langsam zuerst, als wäre er noch unschlüssig und wartete darauf, daß sie ihm etwas hinterherriefen. Aber er hatte aus dem Kampf Ernst gemacht, also rief ihm heute niemand etwas zu, sie schauten ihm nach, und Dotz sagte: er hat recht, es ist nichts mehr los heute. Dann sehen wir uns morgen in der Stechuhr? Ja, morgen, mittwochs ist immer auf.
Die Rolladen der Geschäfte waren herabgelassen, nur beim Bäcker hingen bleiche Jalousien hinter den Scheiben, es war der einzige moderne Laden am Platz. Auch bei der Sparkasse war es noch hell, aber in ihren Auslagen gab es nichts Besonderes zu sehen; Reklametafeln für den neuen Zinsfuß, für Prämiensparen oder Bauverträge hingen monatelang im Fenster, großformatige Fotos von Familien, die glücklich aussahen, wie sie sich da auf dem Rasen irgend einer Vorstadtvilla aufgestellt hatten und herumstanden, bis die Farben welk wurden im Sonnenlicht.
Riko und Dieter schlugen dieselbe Richtung ein, gingen am Platz vorbei, der jetzt düster und still hinter dem Holzzaun lag, das Gestrüpp an der einen Seite war im Dunkel erstarrt. Die beiden überquerten die Clignet-Straße, gingen vorbei an dem öden Grundstück an der Ecke; es war ganz von Schutt und Schotter freigeschaufelt, selbst der Boden des Erdgeschosses

war verschwunden, zerstört und abgeräumt. Sie sahen weiter nichts als ein paar Kellergänge, kaum verwinkelt und nicht besonders düster. Moos und Unkraut wuchs zwischen den Steinen, und Putz, von den Wänden gebröckelt, lag dazwischen. Im Dunkel konnten sie das nicht sehen, aber sie kannten die Ruine seit Jahren, ein Geländer führte außen entlang, auf dem sie früher herumgeturnt waren, und manchmal waren sie in die Ruine hinabgeklettert, so langweilig sie auch aussah.

Schräg gegenüber, in derselben Straße, wurden die Grundmauern eines neuen Hauses hochgezogen, Riko sagte Dieter nicht, daß er als Kind oft Hausfassaden Stein für Stein gezeichnet und dies ein Haus Bauen genannt hatte. Hier, an dieser Stelle, ganz nahe beim Platz, war die abenteuerlichste Ruine des Viertels gestanden, sie hatten bis ins vierte Stockwerk hochsteigen können. Der Keller war weit verzweigt gewesen, nur so sehr verschüttet, daß sie noch in alle Räume, durch alle Gänge hatten klettern können, den modrigen Geruch der verfaulten Tapeten um sie herum, die Spinnweben, Schimmelflecken mit stechend weißen Rändern, brüchiger Verputz, der zu Pulver zerfiel und auf den Boden rieselte, wenn sie ihn bearbeiteten, einen Stein oder eine Eisenstange dagegenschlugen.

Hier hatten sie auch den Mann gefunden, ja, sagte Riko, da unten im Keller ist er gelegen. Das Gesicht war ganz blau gewesen, Riko hatte sogar den Strick gesehen, das Ende um den Hals; es war von der Decke abgerissen und oben hing das andere Ende des Stricks, es hing ganz ruhig da, als wäre es zu müde, sich im Luftzug zu bewegen, so müde wie vielleicht der Mann gewesen war, als er den Strick an der Decke festgemacht und den Kopf in die Schlinge geschoben hatte. Ist jetzt auch schon drei Jahre her, sagte Dieter, und weiter vorn, fast an der Ecke, an der sie in verschiedenen Richtungen nach Hause mußten, sagte Riko: Hatte das Ganze etwas mit Uschi zu tun? Nein, nichts, sagte Dieter, ich schlag mich nicht wegen einer Frau. Aber warum hat Muff dich nicht losgelassen? Weil er nie mit Uschi gefickt hat, aber ich, sagte Dieter.

Du? sagte Riko und schwieg, jetzt spürte er wieder den Stoff von Dieters Hemd an den Händen, den schweißigen Rücken,

wie er ihn von Muff weggerissen hatte. Dann habt ihr euch doch wegen Uschi geschlagen, sagte Riko schließlich. Ich nicht, sagte Dieter.
Und bevor sie sich an der Ecke trennten, fragte Dieter, was machst du heute abend noch? Nichts, sagte Riko, zu Hause bleiben. Er würde den AFN hören, nach einer Hitparade suchen, auf seine Lieblingslieder warten, diesen amerikanischen Kram, wie seine Mutter auch heute Abend wieder sagen würde, ohne zu versuchen, eine andere, ihr nähere Musik durchzusetzen.
Und du, was machst du noch? Dieter griff nach dem Kamm in der Tasche, auch nichts, sagte er, zu Uschi geh ich nur am Freitag, wenn die Alten im Clubhaus sind.

In der Stechuhr

Sie waren am Mittwoch in der Stechuhr, am Freitag, aber erst am Samstag spielte sich dort etwas ab. Mittwoch blieb ein gemütlicher Abend, die Leute sparten mit ihren Gesten, ihren Wörtern; niemand brüllte herum oder platzte los, kein Gelächter, das durch den Keller flatterte, die Trompetenstöße, der Aufruhr, die Saxophone, die nach Gott schrien, wie Riko in einer Illustrierten gelesen hatte, sie kamen nicht vor. Die Pendeltür zum Nebenraum, der zu klein zum Tanzen war, zuckte nur selten auf und zu, der Nebenraum blieb leer bis auf drei, vier Gestalten, die im Kerzenlicht pokerten oder es versuchten, bei zaghaften Einsätzen; schob einer noch'n Fünfer in die Mitte, waren Pfennige gefordert.
Freddi saß behäbig hinter dem Tresen und drehte die Platten um, so langsam und unangestrengt, als wäre er allein. Riko sah jemanden herantreten in einem verbeulten, grobgestrickten Pullover und einem Schal um den Hals, lang und flauschig, wie es gerade Mode war. Er wollte ein Bier, eine Cola, und Freddi rutschte vom Hocker, er brauchte Stunden um herunterzukommen, an den Kühlschrank zu treten, die Cola herauszunehmen und eine Flasche Bier aus den Kästen zu ziehen; sie waren neben dem Kühlschrank aufgestapelt für alle, die nichts Eiskaltes wollten, draußen war es ohnehin kalt genug. Muß es wirklich 'n Bier sein? Und ausgerechnet jetzt? Hast du dir das gut überlegt, Junge? Freddi zögerte hinaus, was er zu tun hatte und was im Vergleich zur Arbeit tagsüber im Betrieb ein Klacks war: die Flaschen an sich nehmen, mit einem Öffner den Deckel wegschnalzen und die Flaschen über den Tresen schieben, die meisten wollten kein Glas dazu.
Tagsüber, von morgens um acht bis abends um fünf, hatte Freddi mehr zu tun, da schob er die Möbel herum, wuchtete die Sofas auf die braungestrichenen Eisengerüste im Lager, schob die Sitzbänke, die Klapptische, die kantigen Sesselgarnituren in den Fahrstuhl und schaukelte nach unten an die Verladerampe. Tauchte der Chef auf, verfiel Freddi in schroffe, sehr knapp und kraftvoll wirkende Bewegungen, zwei, drei,

und sie hatten das Sofa in Hüfthöhe, sein Kumpel und Freddi, und zügig und ran, raus aus dem Kreuz, da stand es im Laderaum des Lasters. Die durchsichtige, im Licht glänzende Plastikhülle über dem Bezug war glatt und verhältnismäßig dick, sie fühlte sich fest an und zerriß doch, wenn Freddi nicht aufpaßte, sie zog sich auseinander, schnurrte zusammen; als wäre sie am Leben, so wellte sie sich auf, kroch in sich hinein. Der Chef sah das ungern, offenbar tat es ihm weh, bei dem Ausmaß an Verantwortung; er nahm Anstoß an den beschädigten Hüllen, obwohl sie kaum von Wert waren, sie gingen fast immer kaputt, sie schienen sogar dafür gemacht zu sein, auf irgendeinem Sofa zu zerreißen. Trotzdem blieb der Chef darüber nicht ruhig, er wollte einsparen, aufbauen, mußte zurechtweisen; war er gut aufgelegt, blieb es bei Anspielungen. Freddi hieß Trübe mit Nachnamen, und die Möglichkeit zu sagen, Herr Trübe, mit Ihnen sieht es wirklich trübe aus, versöhnte den Chef, so daß Freddi seltener als seine Kollegen angepflaumt wurde, was auch, meinte Freddi, dem Chef zugute kam, mit seinem roten Gesicht und den flammend grauen, schon ins Schlohweiße übergehenden Haaren schien er sowieso immer kurz davor zu sein, in einen Infarkt zu kippen; bei Freddi ruhte er sich aus.
Jetzt in der Stechuhr, im gedämpften Kellerlicht hinter dem Tresen, verdeutlichten Freddis langsame, wie in einem müden Strom dahintreibende Bewegungen, dazu die Nachlässigkeit, mit der er das Wechselgeld auf die Platte zählte oder mit der er seine Bierflasche hob, um jemandem zuzutrinken, daß er tags gearbeitet hatte, schwer genug, um jetzt nicht schneller mehr ranklotzen zu müssen oder zu wollen. Jetzt besaß Freddi das Recht auf einen lockeren Bedienungsstil, gerade weil er, kam es wirklich darauf an, die Geschwindigkeit seiner Handgriffe verdoppeln und verdreifachen konnte; mir kann keiner, hieß das, selbst Überstunden, das Weihnachtsgeschäft, den Druck der Vorweihnachtszeit stecke ich weg, aber wolltest du wirklich schon wieder ein neues Bier? Wo ich mich gerade hingesetzt habe?
Sie kannten Freddi besser, als er sie kannte, sie beobachteten ihn jeden Abend, den sie in der Stechuhr zubrachten, während er sie nur schwerfällig begrüßte und dann aus den Augen ver-

lor. Die Stechuhr in den Kellerräumen eines Mietshauses war gerade so groß, daß sich die meisten untereinander kannten, vom Sehen, vom Anrempeln, von einem Wortwechsel am Tresen oder vom Austausch alter und neuer Witze vor der Toilette im seitlichen Kellergewölbe, wenn sie anstanden und warteten, daß frei wurde. Immer wirkte der Clubraum etwas feucht, die Wände erschienen beschlagen, so schillerten die Steine, Freddi und die anderen hatten mit einer dunkelbraunen Lackfarbe den Keller ausgemalt. Smoke gets in your eyes, sangen die Platters, und Freddi drehte die Höhen am Plattenspieler etwas herunter, der Chor sang mit jenem Ernst, mit dem man am Krankenbett eines Mädchens sitzt; obwohl schon älter, war es die Platte, bei der am Samstagabend die Paare einander in die Arme flossen und darin verharrten, fast bewegungslos im Bluesstil, den niemand lernen mußte. Jeder konnte das, die Körper ineinander schieben, im verschleppten Takt das Gewicht von einem auf das andere Bein verlagern, je weniger sich jemand bewegte, desto raffinierter sah es aus.
Aber heute tanzte niemand, der Mittwoch hatte auch etwas von einem Herrenabend, sie saßen um die aufgestellten Bierfässer herum, rückten die Aschenbecher hin und her, Dotz blies hinein, Dieter zuckte zurück, wischte die Asche von den Schenkeln, du Arsch, sagte er.
Sie warteten auf die Frauen, jedoch kamen nur wenige Frauen, sie kannten die meisten bloß vom Sehen, nicht weiter, und jene, die jeder für sich am liebsten sah, mit einer Aufgeregtheit, die er vor den anderen verbarg, jene Frauen waren alle zu Hause geblieben, sie kreuzten erst am Samstag auf, vielleicht durften sie nur samstagabends weg, oder sie kannten diese Gier nicht, wann immer möglich hier unten in der Stechuhr zu sitzen, sich gleichmütig umzuschauen und über die Lieder zu reden, die gerade gespielt wurden. Riko und Dotz aber, Peter, der Jagdflieger, und Dieter, sie wurden von diesem Schuppen hier angezogen, sie wußten nicht, was sonst tun; zuhause fühlten sie sich wie vergraben, abgetrennt von allem, was wirklich passierte, besonders an den Abenden, an denen die Stechuhr geöffnet hatte und sie sich ins Halbdunkel stemmen konnten, aufpassen, was geschah, ohne selber viel geschehen zu lassen.

Wer will noch eins? Riko stand auf, trug die leeren Bierflaschen, die ihm Dieter und der Jagdflieger reichten, vor zu Freddi, stellte sie am Tresen ab, für den Rückweg, sagte er, schneller gehts auch nicht, sagte Freddi.
Riko ging links am Tresen vorbei, hob den Teppich von der Tür weg, ein steifes, dunkles Gehänge, das sich glatt wie Samt anfaßte. Es war schon öfter heruntergerissen worden, es hing nicht sehr geschickt, so kurz vor der Tür, aber es hielt die Zugluft ab, die die Treppe herabstrich, wenn oben jemand die Kellertür aufdrückte. Der Teppich scheuerte über den Boden, ein feines Schnarren, dazwischen zerrieben der Schmutz, Staub, die Sandkörner, zu sehen war nichts auf dem Boden bei dieser Beleuchtung. Die Holztür schwebte ganz leicht zurück und knarrte, kurz bevor sie gegen die Wand stieß, sie war verzogen, schloß schlecht, aber die Scharniere gaben ihr keinen Widerstand, sie glitt auf, als wäre sie in Öl getaucht. Riko kannte das. Es war die Tür der Stechuhr, er erinnerte sich keiner anderen Tür, die sich ähnlich körperlos bewegte; sobald er diese Tür in der Hand spürte, antippte und sie von ihm wegschwebte, wußte er, daß er hier war, von dieser Tür hatte er schon geträumt. Die dünnen, unlackierten Bretter voller Härchen und Splitter kratzten, wenn Riko die Finger darüberstrich, es war ein selbstgezimmertes Ding, nicht viel mehr wert, als einen Gegenstand für ein Wort mit drei Buchstaben abzugeben.
Vor der Tür hing eine alte Stechuhr, sie war das erste, das sie gesehen hatten, als sie zum ersten Mal gebückt die Treppe am Ende des Hausflurs hinabgestiegen waren und ihnen ein Schwall Kellerluft entgegengekommen war, ein weicher Geruch nach Moder, nach versickertem Bier und Zigarettenrauch, wie er in dieser Mischung aus keiner gewöhnlichen Wirtschaft strömte. Als Riko jetzt die Tür hinter sich zugestoßen hatte und der Vorhang herabgefallen war, erlosch der Lärm der Musik, das Stimmengewirr und das Geklirre der Flaschen, das desto deutlicher und klarer zu hören war, je weniger Leute sich im Keller aufhielten. Riko ging über den Gang in das stille Gewölbe, wo die Toilette eingebaut worden war, eine Blechkabine ohne irgendeinen Anstrich, von der nackten Birne an der Decke strahlte das Licht herab, in feinen Wellen flutete es aus der Birne. Ein feuchter, säuerlicher Geruch war da,

durchtränkt von der Frische des Desinfektionsmittels, manchmal, am frühen Abend roch es auch nur nach der abgestandenen Luft im Gewölbe, im Sommer kühl und im Herbst muffig mild, als wäre sie von einem Heer von Schläfern ausgeatmet. Das Erdreich hinter den Kellermauern selbst schien zu riechen, die Ausdünstungen vergrabenen Lebens, sich auflösender Schleim, Urin, Kot, der zerfiel, Würmer, Lehm und Samen, feuchte, festgestampfte und zusammengepreßte Erde.
Am Boden vor der Pißkabine hatten sich Flecken gebildet mit dunklen, verquollenen Rändern, ein in den Dreck gezeichnetes Wolkenbild. Es war hier kühler als in den Clubräumen, das Gewölbe aus stumpfen Ziegelsteinen hing in den Raum hinein, krumme Drähte liefen auf die Deckenbirne zu, die losen Enden stachen in die Luft. Hier war Riko abgetrennt von den anderen; das Dasein der ganzen Stadt lastete auf der Erde, aufgeschichtete, in den weichen Mörtel gedrückte und dann erstarrte Steine, Kanten, Mauern, Decken, Stockwerke, alles hartgewordene Arbeit, tote Arbeit, und jene, die sie ausführten, waren ebenfalls hart geworden, schließlich gestorben, umgebracht, tot, vergessen. Gedanken mit siebzehn, komisch sowas, hier unten zwischen staubigen Wänden, plötzlich voll Überdruß? Als sie hierhergingen, zu viert durch die Stadt, Muff war nicht dabei, Jochen nicht, waren sie ausgelassen gewesen, locker, mit offenen Bewegungen, schaukelnd, bereit, hierhinzugreifen oder dorthinzustürzen, wenn etwas auftauchen sollte, was ein Ziel abgab. Aber konnte das Ziel hier sein, wo die Spinnweben in grauen Fäden von der Decke wehten und fern, als käme sie aus Bunkern hervor, Blöcke von Musik den Gang herantrieben? Der Pißkabine gegenüber, oben in einen schrägen Schacht gemauert, sah Riko das Kellerfenster, darüber den brüchigen, engen Maschendraht, durch den er nichts mehr erkennen konnte, es war längst dunkel geworden, aber Riko hörte Schritte übers Pflaster hallen und wunderte sich, daß er nichts sah, keine zitternden Hosenbeine, keine Schuhe, die Geräusche waren hart, scharf umgrenzt, sie drängten in den Raum, gingen auf wie eine Kettenexplosion von Tönen, sie platzten in Rikos Kopf.
Dann stand Riko vor der Kloschüssel, den weichen Schwanz in der Hand, die Pisse prasselte gegen die Wölbung des Beckens,

ein Geräusch, das auch draußen zu hören war, das nicht von der Musik übertönt wurde, die Todsünde der Architekten, hatte es einmal in der Zeitung geheißen, Toilette im Badezimmer, dünne Wände, Scheiße in der Ohrmuschel, im Gehirn, Scheiße neben dem Fichtennadelschaum, es stank, erzählte Jochen und lachte, als hätte jemand in den Wald geschissen. Der Urin klatschte in die Mulde, angefüllt mit Wasser, Riko schob die Vorhaut zurück, schüttelte den Schwanz, nein, eine Badewanne gab es hier nicht, keine Dusche, zuhause auch nicht, und ein Wannenbad war eine Sache für ältere Männer, sie dagegen gingen schwimmen, holten die blechernen Marken für einen Spind im Umkleideraum des Hallenbads, mit einem weißen Bendel dran, sie trugen die Marke um das Armgelenk oder um den Fußknöchel; wenn ihre Nummern angezeigt wurden, mußten sie aus dem Wasser, sich anziehen und bald verschwinden, um den Nächsten Platz zu machen, oder sie mußten nachzahlen. In den Filmen, die in der Römerzeit spielten, suchten die Helden oft das Bad auf, ließen sich massieren, salben und ölen, bevor sie zum entscheidenden Zweikampf antraten, hier aber massierte niemand, Zweikämpfe, die unwiderruflich eine Sache entschieden, gab es auch nicht, was hatte der Kampf gestern schon ergeben? Riko ließ den Vorhang wieder hinter sich fallen und stand im trüben Licht der Stechuhr, am Mittwoch, dem Tag, an dem die Frauen nicht kamen, die er gern gesehen hätte. Es gab mehrere, die ihm gefielen, aber alle tauchten sie mit ihrem Freund auf, einem Jemand, der schon ausgelernt hatte und mehr nach Hause brachte als die siebzig oder achtzig Mark Erziehungsbeihilfe, wie das von Staat und Industrie, von Handel und Verkehr genannt wurde. Mit den vollen Bierflaschen stieg Riko durch den Raum, die anderen saßen weiter drüben in der Ecke, im schummrigen Licht sahen sie wie hingeduckt aus, während hinter ihren Rükken die Schatten an der Wand tanzten, als hätten sie sich endgültig von diesen plumpen Körpern getrennt.

Eine Nummer geschoben im Stehen? fragte Dieter, selbstverständlich, sagte Riko und stellte die Flaschen ab, anschließend hat sie sich auf meiner Stange ausgeruht.

Weil dir keiner abgegangen ist vor Angst, sagte Dieter, paß aufs Bier auf, gab Dotz dazwischen.

Daß er zwei Frauen brauchte und nicht nur eine Frau, wollte Riko antworten, aber der Satz blieb in ihm stecken, Riko zuckte zusammen bei diesem Gedanken, er konnte so etwas nicht sagen, auch nicht im Witz, er hatte tatsächlich Angst, hätte gar nicht gewußt, wie es anstellen, auch nur mit einer Frau im Stehen zu vögeln. Riko setzte sich verdrossen auf eins der Fässer. Dies hier war nicht das Leben, das er suchte und doch war es immer noch besser, als allein durch die Straßen zu gehen, irgendwo um ein Eis anzustehen, am Kiosk eine Cola zu trinken oder sich im Bahnhof, im Wartesaal zweiter Klasse, von einem Stadtstreicher anpumpen zu lassen. Ich kann nicht die halbe Nacht bei einem Bier sitzen, sagte Dotz, ich muß was trinken, irgendwas schlucken, sagte er und stand auf, ich weiß auch nicht, aber das volle Glas stört mich. Und das leere erst, sagte Dieter, Gläser! Flaschen! Man muß den Alkohol vernichten, wo man ihm begegnet!
So schoben sie die Witze weiter, die sie von den Älteren gehört hatten, am Platz, im Goldenen Krug oder, vor allem, im Betrieb, ein guter Witz, über den alle lachten, war eine Leistung. Es gab männliche Taten und männliche Witze, eine Nummer in der Pißkabine an einem Abend, an dem kaum ein paar Frauen zur Wahl hier waren, das wäre eine Tat gewesen, so aber wurde es ein Witz, und eine Vorstellung blieb im Kopf zurück, die keiner von ihnen wegräumen konnte wie ein paar leere Flaschen nach einer Feier.
Dotz kam mit einem neuen Bier an, Freddi war wieder auf seinen Barhocker gerutscht und würfelte vor sich hin. Er nahm die Würfel zwischen drei Fingern hoch, so vorsichtig, als müsse er sie zwischen einem Gitter, durch das sie gefallen waren, wieder hervorziehen. Ohne Zweifel, es war wenig los heute, fast nichts. Aber das machte es nicht leichter, wieder zu gehen, wo sollten sie hin? Hier, diesen Ort kannten sie, da gehörten sie dazu, und sie konnten es jene spüren lassen, die zum ersten Mal hierherkamen, sie sahen sofort, wenn jemand neu war, am aufreizendsten waren jene, die taten, als wären sie schon oft hier gestanden und wüßten Bescheid. Ihre Gebärden waren so leer, daß Riko, Dieter und die anderen sie bis auf den Grund durchschauten, und der war nicht interessanter als das Betonbecken eines künstlich angelegten Sees. Sie

grinsten einander hämisch zu, und gern hätten sie so einen Neuen auflaufen lassen, wären sie an Freddis Stelle gewesen, aber sie waren es nicht, sie waren selber nur Figuren, die öfter hier herunterkamen und die die anderen vom Sehen kannten, eine Clique am Rand, junge Burschen, die nichts Bestimmtes vorhatten, ohne besondere Eigenschaften waren, ohne Frauen, die Aufsehen erregten. Dieter hatte Uschi noch nie mitgebracht, und Muff war nicht lange genug mit ihr befreundet gewesen, um überhaupt dazu zu kommen, ein paar Tage während der Kirmes bloß, ein paar Runden im Autoscooter, Herzchen schießen, knutschen in der Geisterbahn, das war es auch schon gewesen. Aber nein, es war mehr gewesen, nur bis in die Stechuhr, dazu hatte es nicht gereicht. Muff hatte sie ein paar Mal nach Hause begleitet, immer wenn sie sich getroffen hatten, und Riko war sich nicht sicher, ob er sie gleich beim ersten Mal richtig geküßt hatte, Zunge an Zunge, was Dieter erzählte, machte das unwahrscheinlich, aber auch Dieter übertrieb.

Andererseits waren die Frauen oft gar nicht so, wie sie aussahen oder wie Riko glaubte, daß sie wären. Wie hatte Renate ihn geküßt, in ihrem grünen Bikini am Strandbad am Rhein, nachdem sie mit der Luftmatratze abgetrieben und hinter der Begrenzung des Strandabschnitts ans Land gegangen waren, über die letzten Meter Kieselsteine vorsichtig hinweg und durch das Brennesselfeld, über den schmalen, lehmigen Pfad, gerade breit genug, um zwei Füße nebeneinander zu stellen, Farnkräuter, Gras, kniehoch wucherndes Grünzeug und schließlich Büsche, Bäume, Weiden mit niederhängenden Zweigen, hinter denen irgendwo ein schmutziger, toter Nebenarm des Rheins in der fiebrigen Nachmittagshitze stand, Libellen flirrten über das Wasser, Schnaken taumelten durch die Luft, ein ununterbrochenes Sirren, Zirpen, Schilpen und Schnattern, das von unsichtbaren, unter Blättern versteckten Tieren ausging und doch nur den Eindruck einer in sich gesättigten Stille verstärkte.

Sie hatten eine Lichtung gefunden, einen schmalen Flecken Gras vor den Resten eines Baums, ein Teil des Stammes war im Gras gelegen, eine verwaschene, zerfaserte Rinde, und ein Loch klaffte im Stamm, daß er wie ausgenommen wirkte;

davor hatten sie die Luftmatratze abgesetzt, sich darauf niedergelassen. Sie rutschten zueinander, die elastische Matratze ließ sie nach hinten kippen, sie kicherten, berührten einander, die Fingerkuppen strichen über die getrocknete, aber noch ein wenig kühle Haut, die Poren richteten sich auf, sie schmiegten sich aneinander, küßten sich, weiche Lippen, rollten auf der Matratze, küßten sich länger, Speichelfäden zogen sich zwischen ihren Mündern, Riko sah die dunklen, spitzen Brustknospen hinter den verrutschten Schalen von Renates Oberteil, er faßte hinein, sie riß ihm die Hand weg und sagte: auch du, sie machte das sehr ungestüm, um etliches heftiger als sie küßte; sie blieb auch dabei, als er es das zweite und dritte Mal versuchte, bis seine Bewegungen immer unschlüssiger wurden.
Jetzt konnte er auch nicht mehr länger die Schnaken außer acht lassen, die wie an Fäden gehalten über ihnen tanzten, er hatte schon einige Stiche gespürt. Sie einigten sich darauf, von den Schnaken vertrieben worden zu sein, du hast zu süßes Blut, sagte Renate, während sie zurückgingen, tastend zwischen den Blättern hindurch, Rikos Schwanz stand immer noch, er hielt die Luftmatratze so, daß Renate nicht auf seine Badehose sehen konnte, wer weiß, was sie von ihm gedacht hätte, die Eichel rieb schmerzend am feuchten Stoff. So traten sie aus dem raschelnden Unterholz, auf der gegenüberliegenden Seite des Rheins rasselte der Kran über die Eisenträger, die Uferböschung war mit rotem Sand übersät, die Fluten trieben im gleißenden Sonnenlicht, ein Tag, um schnaubend durchzuatmen vor Glück, wäre Renate nur ein wenig nachgiebiger gewesen, nicht so schreckhaft anständig.
Also zog sich Riko von ihr zurück, redete mit ihr nie mehr über diesen Nachmittag, auch sie kam nie darauf zu sprechen, mit einem zerstochenen, aufgequollenen Rücken lief er die nächsten Abende allein herum, behielt selbst im Schwimmbad das Trikot an; auch jetzt hatte er keine Freundin, und die Frauen, die ihm in der Stechuhr auffielen, wie sollte er an sie herankommen? Er nahm sie vor allem deshalb wahr, weil sie öfter hier auftauchten, praktisch jeden Samstag, aber so viele kamen mit ihrem Freund, hingen an dem und ließen sich von dem halten.
Das war also nichts, wieder war nichts gewagt, nichts getan

und nichts gesagt worden, vorne bei Freddi am Tresen, keine Bemerkung hatte Riko gemacht, die ein Gespräch nach sich gezogen hätte, wenigstens den Austausch von ein paar Sätzen, gerade so vielen, daß Riko, ohne sich plump vorzukommen, die Frau das nächste Mal hätte grüßen können, zeigen, daß er da war und daß er sie bemerkt hatte.
So war es am Mittwoch, und so war es am Freitag, wo sie länger blieben, weil sie ausschlafen konnten am nächsten Morgen, das hob die Stimmung, erlöste sie aber nicht. Dieter war später dazugestoßen, ernst und überheblich zugleich, was immer er mit Uschi erlebt hatte, es sollte bedeutungsvoll sein und unteilbar mit jenen, die diesen Abend von Anfang an in der Stechuhr zugebracht und den Geist aus den Bierflaschen gelassen hatten. Muff war wieder dabei, noch wortkarger als sonst, aber es sprach ihn auch niemand auf den Kampf an, sie fanden die Worte dafür nicht, und die Suche danach hätte sie nur verlegen gemacht. Das erschien ihnen nicht notwendig, sie konnten immer noch einmal darauf zurückkommen, nächste Woche, übernächste, das Wort Zukunft hatte für sie keinen Inhalt, noch nicht einmal den der Ungewißheit; wenn sie Zukunft hörten, dachten sie an dieselbe Welt wie jetzt, neue wiederaufgebaute Häuser, erste Betonblöcke, die ihnen imposant erschienen, Autos in den Straßen und sie selber darin, älter, aber nicht verändert. Daß sie jemals erwachsen sein konnten, dreißig etwa und auf diese blasse Weise seriös, wie sie das an ihren älteren Arbeitskollegen sahen, wenn sie ihnen zufällig sonntags begegneten, war ihnen so fremd wie der Gedanke an einen frühen Tod. Sie wollten nicht werden, wie ihre Alten geworden waren, kleinlaut und verwüstet heimgekehrt aus dem Krieg, jedoch wer waren die anderen Erwachsenen? Schoben sie nicht auch alle Fragen beiseite und wollten nichts wissen und sagten, erzähl mir nichts von diesen Sachen, der Krieg ist vorbei?

Elf Meter

Der wollte tatsächlich einen Stein aus ihm machen, immer verlangte der, daß er nicht heulen sollte, dauernd sagte der Vater das, scherzhaft, wenn Dieter auf irgendeine Weise das Opfer eines Tricks geworden war oder der Verlierer bei einem Spiel. Als Ermahnung sagte es sein Vater, und dann sollte es heißen: Nimm dich zusammen, Junge, laß dir nichts gefallen, schweig nicht, der Plattenspieler, den dieser Muff dir verkauft hat, ist nicht die Hälfte wert, aber heul bloß nicht los, geh hin, verlang dein Geld.

Dabei hatte ihn sein Vater, soweit Dieter denken konnte, seit Jahren nicht mehr weinen sehen, kein einziges Mal bis heute, als sie vorhin das Spiel verloren hatten und er den Elfmeter verschossen, den möglichen Ausgleich verschenkt hatte. Einen halben Meter neben den Torpfosten hatte Dieter den Ball gesetzt, auf diesem knochentrockenen Hartplatz, der mit dunklen Steinen übersät war, mit winzigen, unförmigen Schlacken; nur am Rand, in der Nähe der Eckfahnen waren ein paar Grasbüschel gewachsen oder sie waren von früher übriggeblieben, jedenfalls betrachtete keiner diese Stellen als Rasenflächen, fiel der Ball dorthin, wurde der Flug unberechenbar, er sprang über den Fuß oder dotterte ins Seitenaus.

Dieter hatte zu tief angesetzt. Aus Angst, den Ball über das Tor zu schaufeln, hatte er zu flach gegen den Ball gekickt, die Sohle mit den schief getretenen Stollen war über den Boden geschrammt, Staub war hoch gewirbelt wie aufgeschreckt, und der Ball war noch nicht einmal blitzschnell am Tor vorbeigezischt, nicht einmal geflogen, er war gerollt. Und später, als sie umgezogen aus der Kabine kamen, jener brüchigen Holzbaracke, von der die Farbe blätterte, ein verblichenes Grün, und als sie im Vereinslokal die erste Runde bestellt hatten, sagte einer von diesen alten Knackern, Rentnern, Fanatikern, die zu allen Spielen des Vereins, selbst jenen der Jugendmannschaften kamen, an diesen Ball, den Dieter neben den Kasten geschoben hatte, hätte man ein Essenkännchen anhängen müssen, dann wäre er nicht, wie passiert, verhungert, Mensch Dieter, jetzt seid ihr ausgeschieden, und es geht auf deine Kappe!

Dann ging unter ihnen der Streit darüber los, ob bei einem Mannschaftsspiel wie diesem ein einzelner überhaupt das Match verlieren konnte; eine Niederlage war doch, sagte Dieters Vater, wie auch ein Sieg, immer die Leistung oder das Versagen der ganzen Mannschaft oder etwa nicht? Diese älteren Männer, Väter von großgewordenen und aus der Wohnung ausgeflogenen Kindern, plötzlich fielen sie in Posen, die sie bekannten Trainern abgeschaut, sie redeten in Wendungen, die sie wörtlich dem Sportteil der Zeitung entnommen hatten. Es waren dieselben Floskeln, dieselben Begriffe, womit sonst über ein Spiel der Oberliga, der Nationalmannschaft gesprochen und geurteilt wurde, mit denen sie jetzt dem Turnierspiel der Jugendmannschaften beikommen wollten. Mit Unwillen fühlte Dieter eine Kluft entstehen zwischen dem Spiel und dem, wie die Alten darüber schwadronierten, zwischen den gewichtigen Mienen, den in ihrer Starrheit leicht erregbaren Männern und dem überschwenglichen, die taktischen Vorsätze ungestüm überlaufenden Spiel beider Mannschaften. Lächerlich ähnlich waren sich die Gesichter, die Sachkundigkeit ausdrükken sollten, und der Tonfall, mit dem sich die Alten zu Fachmännern erhoben, wo sie sonst nicht gefragt wurden.
Aber da war Dieter schon aufgestanden und hinausgegangen, über den dunklen, eingeölten Bretterboden zur Tür und hindurch. Draußen lag der Fußballplatz im Dämmerlicht, der Platzwart hatte die Eckfahnen weggetragen und die Tornetze abgehängt, ein kühler Abendwind fegte Staubwehen über den Boden. Rechts bei den Büschen, wo der Fahrradständer in den Himmel ragte, waren nur noch wenige Fahrräder in die hochgestellten Rinnen aus Blech geschoben, das gewellte Dach hing schräg und schwarz gegen die helleren, jedoch schon rauchig grauen Wolken, es war kühl geworden, feucht, ein mattes Licht fiel aus den Fenstern des Clubhauses und verlor sich, bevor es eine fest umrissene Fläche auf dem Boden ausleuchten konnte. Wenn Dieter länger zum Himmel hinaufschaute, den Blick auf dieselbe Stelle gerichtet hielt, sah er, wie die ersten Sterne durch den grauen Schleier schimmerten, sie glänzten ganz sanft, schienen wieder zurückzuweichen für ein Blinzeln lang und waren dann doch da, zart und verletzlich, leicht zu beschädigen und beiseite zu räumen.

Dieter hatte aufgeschrien, als er Riko im Strafraum taumeln und hinschlagen, den Schiedsrichter die Pfeife zum Mund heben und ihn mit ausgreifenden Schritten auf den Elfmeterpunkt zugehen sah. Er hatte die Arme hochgerissen, für ihn war das Tor schon gefallen, das sie ins Endspiel brachte, übermorgen am Samstagnachmittag zum Abschluß dieses Jugendturniers. Dann war er in den Strafraum gestürzt, hatte den Ball genommen und ihn zum Elfmeterpunkt getragen, konnte ihn jedoch nicht sofort hinlegen, um ihn in aller Ruhe auf dem unebenen Platz zurechtzurücken, er mußte den schmächtigen Haas abwehren, diesen ängstlichen Techniker, der vom Betreuer im Training zum Elfmeterschützen bestimmt worden war. Doch dies hier war Spiel, der Kampf, es war Dieters Chance, zumal auch er noch keinen Strafstoß verschossen hatte, sobald es darauf angekommen war, der Betreuer mußte das einsehen, keine Frage, jetzt war es so weit, Dieter schlug Haas die Hand weg. Und auch die anderen, die sagten, der Haas soll schießen, hatte er weggeschoben, sie waren ohnehin nicht sehr hartnäckig gewesen, der mit dem größten Mut gewinnt, das wußte Dieter, sein Vater schaute zu, stand auf dem Erdhügel hinter der Bande, er hätte ihm sicher dasselbe geraten, nutz die Chance!
Eine Minute später, so lange dauerte es, bis schließlich alle aus dem Strafraum getreten waren und Dieter nach dem Pfiff des Schiedsrichters auf den Ball zulaufen konnte, hatte Dieter verloren. Wäre der Ball wenigstens gegen den Pfosten gedonnert, wäre er doch knapp über den Querbalken gestrichen, so daß es ein sirrendes Geräusch gegeben hätte! Die Zuschauer hätten geraunt, überrascht und dann enttäuscht, aber immerhin ein Raunen, wie es jeden Sonntag im Stadion vorkam, wenn dort die Massen versammelt waren. Aber hier bei diesem Pokalspiel der Jungen waren ja kaum hundert Leute dagewesen, und jetzt war schon alles vorbei, die Leute hatten sich träge, wie unschlüssig, nach dem Schlußpfiff aus dem Gelände bewegt, niemand riß sich mehr um Dieter und die anderen Spieler, keine Bekannten, Freunde blickten wie vor dem Spiel bewundernd zu ihnen herüber, während sie sich warmliefen, mit dem Ball tändelten, die Schuhe fester schnürten, keine Zuschauer betrachteten sie beifällig. Dieter hatte die Mannschaft

aus dem Turnier katapultiert, die Hoffnungen waren auf einen Schlag zerfallen, weggesackt, kein Trost war möglich, kein Ersatz bot sich an, die Gedankenspiele, die ausgesponnenen Wunschträume an der Fräsmaschine, wenn die Handgriffe weiterliefen, ohne daß Dieter nachdenken mußte, sie galten nichts mehr, sie rückten den, der sie geträumt hatte, an den Rand der Lächerlichkeit, Dieter schluchzte, warum nicht, verdammt nochmal, habe ich nicht verloren, bin ich denn nicht ein Verlorener?, besiegt, zu Boden gedrückt, die kaputten Wünsche im Genick?

Dieters Augen füllten sich mit Tränen, die sachte brannten und ihn noch wehmütiger stimmten, was war das für ein Tag gewesen, ein Scheißtag, haufenweise Scheiße, Dieter heulte, und es war ihm gleichgültig, ob ihm jemand begegnete, als er sich aus dem Schatten des Clubhauses löste und langsam zum Fahrradständer hinüberging, einfach um sich zu bewegen und als kämen die Tränen dann leichter, als könnten sie sich gegen einen geringeren Widerstand in seinem Innern lockern und davonschwimmen, wieder weg sein. Vielleicht war es sogar günstig, traf ihn jetzt einer aus der Mannschaft, nicht Riko, den kannte er zu gut, aber einer der anderen, die jetzt drin am Tisch saßen, ihren Kalten Kaffee tranken, ihren Sonnenschein, einen Radler, oder, nach dem ersten Durstlöscher, ein richtiges Bier, obwohl es nichts zu feiern gab. All die anderen sollten ihm jetzt begegnen, wie er weinend durch den Abend über das Sportgelände ging, die traditionsreiche Stätte, er lachte kurz auf, erschrak über die Künstlichkeit seines Lachens, sie hätten ihn sehen sollen, wie schwer er seinen Fehler nahm, wie sehr die Schuld der Niederlage ihn bedrückte und wie sehr er bei ihnen war, beim Spiel. Und Dieter hörte, wie die Tür des Clubhauses aufging, er hörte den knappen Schwall der Stimmen, der plötzlich an sein Ohr wehte, wieder abgehackt wurde, als die Tür zurück ins Schloß fiel. Langsam ging er weiter, dann hörte er das Rufen, was ist denn los?, die Stimme seines Vaters, Dieter begann zu laufen, drei, vier Schritte, es war aber doch zu albern, also bremste er ab, blieb stehen, drehte sich abrupt um. Nichts ist los, rief er, Scheiße hab ich gebaut.

Sein Vater ging auf ihn zu, Dieter sah die bleichen Falten, die

Name

Straße

Wohnort

Wer mehr über unsere Bücher wissen will...

die/der sollte flugs auf diese Karte ihre/seine Adresse schreiben, eine Briefmarke finden und das ganze zum Briefkasten tragen. Denn dann bekommt man unverzüglich **»Das Kleine Rotbuch«**, unseren Almanach. Da steht einiges über unsere Bücher drin und was wir schon alles in einen Buchdeckel gebracht haben – und vieles mehr.

Unsere Bücher bekommt man in vielen Buchhandlungen. Wer abseits wohnt und auf dessen Weg keine Buchhandlung liegt, der kann mit dieser Karte bestellen. Wir leiten die Bestellung dann sofort an eine Versandbuchhandlung weiter. Um dieser Versandbuchhandlung Arbeit zu ersparen und um eine schnelle Lieferung möglich zu machen, wäre es sehr hilfreich, wenn Sie einen Scheck beilegen oder die Summe gleich auf das Postscheckkonto Nr. 410561-101, Bln-W., »Kirschkern« Buchversand GmbH überweisen würden (sonst erfolgt die Lieferung per Nachnahme, ab 4,–). Die Portogebühren betragen für ein Buch DM 1,50, ab 2 Büchern DM 2,50.

bitte
als
Postkarte
frankieren

Rotbuch Verlag
Potsdamer Straße 98

1000 Berlin 30

das Abendlicht auf seine Kleider warf, auf den hellbraunen Anzug, den er seit Jahren werktags trug, diese große Gestalt, die so geradlinig und so bedächtig auf ihn zukam, die weiten Hosen fielen in knappen Schlenkern auf die Schuhe, sag bloß du heulst, sagte er, nun heul bloß nicht hier herum, er schlug Dieter auf die Schulter, du bist selber schuld.
Dieter zuckte zusammen, er sprang unter der Hand weg oder versuchte es zumindest, der Schlag tat nicht weh, sollte es auch nicht, aber Dieter entdeckte plötzlich, daß ihn sein Vater kaum jemals angefaßt hatte. Sein Vater war ihm all die Jahre ein sich abgemessen bewegender Mensch gewesen, noch wenn ihm das Hemd heraushing und er in Pantoffeln, die nach Fußschweiß rochen, die Zeitung unter dem Arm, zur Toilette ging, blieb jener Gleichmut da, der für Dieter das Männliche überhaupt bedeutete. Auf eine kaum faßbare Weise war sein Vater unnahbar, jemand, der Dieter von sich weg hielt, je direkter er zu Dieter redete, ihn zu einem Entschluß, einer Tat aufstachelte; gerade dann schien er Dieter am wenigsten zu verstehen, und gerade dann spürte Dieter den Wunsch am stärksten, den Ratschlägen seines Vaters nachzukommen. So hatte ihn der Vater mit Mauern von Anordnungen, Hinweisen, Altersweisheiten und Erfahrungsberichten umgeben, die so wenig mit Dieter zu tun hatten, daß sie für ihn nie richtig einsehbar wurden, ein kantiges Gebäude von Gedanken, durch das Dieter hindurchwandern sollte, um jener zu werden, den sein Vater als Bild von sich und seinem Sohn herumtrug. Aber in diesem Bild ging sein Vater ja nicht auf, und trotzdem spürte Dieter, wie er allmählich zu dem zu werden drohte, den sein Vater aus ihm machen wollte, er schämte sich jetzt seiner Tränen, plötzlich bedrängte ihn der Wunsch, sich gegen eine Mauer zu pressen und langsam darin zu verschwinden, um auf der anderen Seite in ein Nichts hineinzutaumeln. Diese wehleidigen Gedanken, diese süßliche Hingabe an sein Unglück, das kotzte ihn an! Diese Sehnsucht nach dem Mitgefühl der Mannschaft, diese Lust, sich den anderen weinend in die Arme zu werfen, was für eine Scheiße. Diese Penner hatten doch auch etliche Torchancen gehabt, ohne sie verwerten zu können! Dieter konnte ihnen zwar nicht als ein Sieger gegenübertreten, wenn er jetzt wieder zurück ins Clubhaus ging, aber er war

auch nicht besiegt, nicht am Boden, er wischte die Tränen weg und riß die Augen weit auf, der Abendwind sollte die Lider kühlen und die roten Ränder mildern.
Laß mich vor dir rein, sagte er zu seinem Vater, was für ein Quatsch, sagte der, ich gehe sowieso erst aufs Klo, und er ging hinüber, wo die Umkleidekabinen standen, die schon in die Nacht getaucht waren, mit unbeleuchteten Fenstern, nur über der Toilettentür an der Seite hing eine trübe Birne ohne Schirm und verströmte etwas Licht, einen lauwarmen, gelblichen Schein, der, kaum die Umgebung erhellend, so genügsam in sich selbst schien, daß es Dieter bodenlos einsam wurde, als er seinem Vater hinterherschaute. Er drehte sich weg und ging in der anderen Richtung davon, die Füße ließ er schleifen, um das Knirschen und Scharren der kleinen Steine unter den Schuhen zu verstärken, je lauter die Geräusche waren, desto stärker erschien er sich selbst.
Im Clubhaus nahm aber niemand besonders Notiz von ihm. Jeder ging herein oder hinaus, ohne sich abzumelden, und Dieter war auch nicht lange genug draußen geblieben, um deshalb aufzufallen, die Runde um die beiden zusammengestellten Tische begann sich aufzulösen, ein paar Spieler, aber vor allem die älteren Männer hatten ihre Stühle geräumt und standen locker um den Wirt herum; sobald er mehrere Zahlen im Kopf zusammenrechnete, schob er den einen Fuß auf die untere Querleiste des Stuhls vor ihm und scharrte abwesend mit der Sohle darauf entlang.
Da kommt er nochmal, sagte einer der Alten, nickte mit dem Kopf in Dieters Richtung und zerrte seinen Geldbeutel aus der hinteren Hosentasche. Zu zahlen gab es nicht viel, es war eine billige Wirtschaft, in der sich beinahe nur nach Fußballspielen eine größere Zahl von Gästen aufhielt, nach dem Training der Großen oder bei irgendeiner Feier, Fastnacht, Weihnachten, Jubiläen; das Jugendturnier einmal im Jahr, wenn anfangs jeden Abend zwei Spiele stattfanden, war so etwas wie die Hauptsaison für diesen Laden, und sie währte nur drei Wochen. Die älteren Männer zogen langsam ab, nach Hause, wo die Frauen mit dem Essen warteten oder wo auch niemand da war als die Einsamkeit vor dem Radioapparat, vor zwei, drei Schnitten Graubrot, Dosenwurst aus dem Konsum, einer

Flasche Bier mit Schnappverschluß. Je schneller das Leben an ihnen vorbeigezogen war und sie in ihren Altbauwohnungen zurückgelassen hatte, desto mehr weitete sich der Sport, der Fußball, zu ihrem Leben aus; auf die Ergebnisse der Spiele zu warten, sonntagnachmittags, wenn in den Konferenzschaltungen die Reporter über die letzten Minuten der Wettkämpfe berichteten, den neuen Tabellenstand zu studieren, Verschiebungen vorauszusagen, Enttäuschungen hinzunehmen, ein paar Tage in stillem Triumph zu leben, dies waren ihre letzten Möglichkeiten, sich zu versichern, daß sie noch da waren, noch war etwas außerhalb von ihnen vorhanden, zu dem sie einen Bezug hatten und das ihnen nicht das Gefühl gab, übergangen, nicht gefragt und nicht gemeint zu sein. Natürlich entschieden diese Alten die Spiele nicht, aber das taten die vielen tausend anderen Zuschauer ebenfalls nicht. Doch sie, die Alten, Rentner, Invaliden, sie kannten sich genausogut wie jeder andere aus, sie blickten durch, sie verstanden etwas von der Chose, waren Sachkenner und ließen sich nichts vormachen.

Jetzt gingen sie auf Umwegen zur Tür, klopften dem einen noch einmal auf die Schulter, sagten, weiter so, zum andern sagten sie, halt dich ran, Junge, aus dir wird was, zu Dieter jedoch fiel ihnen diesen Abend nichts mehr ein; das war noch nicht so recht abgestanden, nächste Woche, nach einer neuen guten Leistung konnten sie auch ihm wieder auf die Schulter klopfen, also sagten sie nur noch dem Betreuer Ade. Sie zogen die grauen, vom Bügeln glänzenden Hosen über die Bäuche, knöpften die Jacketts und die Mäntel zu, Dieter schaute ihnen nach und hatte nur den einen Wunsch, niemals so wie sie zu werden, es war nicht einer unter ihnen, der früher ein bekannter Spieler gewesen wäre, lauter Luschen waren das, Schwätzer, Leute, die gar nicht ahnten, wie unwichtig sie waren, und Riko dachte, vielleicht kam daher ihr wichtigtuerisches Gehabe, so als spürten sie, daß niemand sie für voll nahm. Ein Leben lang hatte kaum ein Mensch wert auf ihre Meinungen gelegt, sie waren unbemerkt grau geworden in ihren zeitlosen, sonstwie braunkarierten Sakkos und den geröteten Gesichtern, hinter deren Falten sich Riko vorstellte, wie sie ausgesehen hatten, als diese Männer noch in die Schule gegangen waren. Riko spürte plötzlich Mitleid mit ihnen, ein mulmiges Gefühl, wo-

her nahm er die Berechtigung dafür, und war das nicht bloß Überheblichkeit, wo er doch so wenig über ihr Leben wußte (sie hatten schließlich den Krieg erlebt!), eine blasse, frühreife Gefühlsgeste, so lächerlich, daß Riko niemand davon erzählen konnte. Er riß einen Fetzen von dem weichen Bierfilz und warf ihn zu Dieter hinüber, schau sie dir an, sagte er.
Was die hier zu suchen haben, sagte Dieter. Er hoffte, daß sein Vater zurückkam, solange die anderen Männer noch nicht das Gelände vor dem Clubhaus verlassen hatten und daß er mit ihnen nach Hause zog, selbst der Betreuer machte Anstalten zu gehen, ein wortkarger Mann, der nach dem Spiel in die Umkleidekabine getreten war, die Hände in den Taschen seines grünen Ledermantels behalten und in die eintretende Stille hinein den Jungen für ihren Einsatz gedankt hatte. Über das Spiel wollte er jetzt nicht reden, das geschah im nächsten Training, wenn er die Mannschaft zu sich rief, nächsten Donnerstag, während die anderen Mannschaften weitertrainierten, und die Spieler sich um ihn herum auf den Rasen setzten, abseits vom Spielfeld irgendwo hinter dem Tor, in grasgrüner Luft, nahe der Hecke, sie trennte den Fußballplatz vom Bahndamm, der sich hinter dem dichten, struppigen Gewächs in die Höhe schob. Im Hinausgehen aber hatte der Betreuer dann doch die Hand aus der Tasche genommen. Als sein Blick voll auf Dieter gefallen war, den er vorher aus den Augenwinkeln heraus beobachtet hatte, wie er in Strümpfen und ohne Trikot auf der Bank kauerte, hatte der Betreuer die flache Hand gegen die Stirn geschlagen und gesagt, du hirnverbrannter Mensch. Eine jäh aufwallende Bewegung war es gewesen, die der Betreuer blitzschnell zurückzunehmen suchte, sofort zog er die Hand wieder in die Tasche, aber die Worte waren draußen, eine Wendung, die die Spieler noch nie von ihm gehört hatten, desto lustvoller griffen sie diese drei Wörter später auf, als die Alten das Lokal geräumt hatten, der Betreuer und auch Dieters Vater waren gegangen, du hirnverbrannter Mensch, sagte der blonde Niedecken und schlug sich die flache Hand gegen die Stirn, lachte, und die anderen lachten, und Niedecken hieb die Hand auf Dieters Schulter. Sehr locker sah das aus, tat aber ganz schön weh, das war das Bier, jene ein, zwei Gläser, die für die ausgelaugten Körper genügten, um sie in den Zustand

zu bringen, der eine Ahnung von Schwerelosigkeit hergab, die überbeanspruchten Muskeln, die sich morgen wie verholzt anfühlten, schienen jetzt noch zu schweben, als wäre Luft in sie gepumpt.
Dieter duckte sich unter Niedeckens Schlag weg, schnellte mit dem Oberkörper nach vorn und ließ einen Augenblick lang das Gesicht beinahe auf der Tischplatte liegen, du hättest gar nicht erst den Ball getroffen, sagte er, hochfahrend, über die Schulter hinweg. Auf der Zunge hätte ich ihn über die Linie getragen, sagte Niedecken, lachte weiter und schwankte am Tisch vorbei zur Tür hin.
Nachdem der Betreuer gegangen war, hatten sie zwar noch einmal über das Spiel geredet, aber Niedecken war der erste, der jetzt Dieters verschenkten Elfmeter angesprochen hatte, und durch die Atempause, die er dabei ließ, indem er gleich aufs Klo gegangen war, fühlte Dieter sich endlich zurückgenommen in den Kreis der Mannschaft, zumindest in jenen der Spieler, die noch um die beiden Tische saßen, wo die leeren und halbleeren Gläser in ihrer ganzen, zufälligen Anordnung herumstanden und Riko plötzlich so fremd erschienen, als hätte er sie nie zuvor gesehen und als gäbe es, im Augenblick wenigstens, nichts außer ihnen, das er anschauen konnte. Überdeutlich sah Riko die getrockneten Spuren des Schaums an den Gläsern haften, die hellen, feinen Bläschen, Hannes stellte sein Glas zurück, und von der Bewegung schwankte das Bier darin, um abrupt, ohne auszuschwingen, zu einem flüssigen, abgelagerten Block zu erstarren, hellbraun, golden, eine schöne, unwirkliche Farbe, warum sah Bier so aus, so und nicht grün vielleicht? Genaugenommen hatte Riko keine Erklärung dafür, nicht einmal eine Vermutung, er wußte nichts Genaueres über Hopfen und Malz, außer: Gott erhalt's, und ein Gefühl der Hilflosigkeit durchströmte ihn, als er sich vorstellte, es könnte jemand am Tisch plötzlich behaupten, daß die Farbe des Biers zufällig wäre, eine willkürliche, jederzeit änderbare Festlegung. Riko wußte nichts, und sofort als er bemerkte, daß er dies dachte, kam ihm die Frage, wie denkt man überhaupt?
Gingen sie nicht alle über einen Abgrund, war die Erde unter ihnen nicht von Hohlräumen durchsetzt, besaß sie nicht einen

flüssigen, glühenden Kern, und gingen nicht genau zu ihren Füßen, auf der anderen Seite der Erdkugel, die Leute auf dem Kopf? Aber nein, sie standen auch, aufrecht, spazierten umher, ins Büro, in den Betrieb, standen am Band, oder, hahaha, welches Land lag denn genau unter ihm, lag dort überhaupt Land, Riko, das bin ich, vielleicht taten die Menschen unter ihm, außer daß sie auf zwei Beinen gingen, allesamt etwas ganz anderes, als sie hier machten, was für verrückte Ideen nach zwei Halben, Bier her, Riko langte zum Glas, er blickte auf Dieter, der begann gerade wieder, das große Wort zu führen. Nächstes Jahr spielten sie alle noch einmal in derselben Jugendklasse, A-Jugend, nächstes Mal holen wir den Pokal, und wenn ich Sturmspitze spiele, sagte Dieter. Wenigstens ist das Training ausgefallen, sagte Stopper, einmal die Schinderei gespart, und Durst hab' ich genauso.
Riko dachte daran, wie sie diesen Sommer zum ersten Mal richtig Bier getrunken hatten, eines Abends, nach einem langen Tag im Schwimmbad, als sie alle krankgeschrieben waren, sich den Daumenknöchel mit Zwiebel eingerieben und mit einem Löffel oder irgendwas daraufgehauen hatten, das schwoll an, da sprang eine Woche heraus. Mit prickelnden Köpfen und Schultern waren sie in der Dorfschänke gesessen, auf den dunkel gebeizten Bänken, die Holzverschalung im Rücken, die dunklen Balken über ihnen, die verschmauchte Decke, lieber im Wald bei einer wilden Sau, als zuhause bei einer bösen Frau, Sprüche wie diese, in hölzerne Schilder eingebrannt oder gekerbt, an den Wänden. Sie hatten ein Bier nach dem anderen bestellt, in diesen blaugrauen Krügen, worin sie das Bier hin und herschwappen ließen, um zu sehen, ob der Krug voll eingeschenkt war, sie hatten einander zugeschaut, wie ihre Augen immer glänzender geworden waren, und sie merkten gar nicht, daß allmählich ihr Gespräch von Gelächter durchsetzt wurde, schließlich überquoll, in laute Lachsalven zerplatzte, von wenigen Wörtern unterbrochen, die nur mehr die Wirkung von Signalen hatten, beinahe wie numerierte Witze, wo man bloß noch die Nummern aufrief, um Gelächter zu erzeugen, Wendungen aus der Schulzeit, Aussprüche von Lehrern, Streiche, du hirnverbrannter Mensch, das wird bald so ein Signal geworden sein, es hatte schon begonnen, und im Gelächter würden

sie sich gegenseitig überbieten, den Elfmeter zu schildern, den Roller, den Hungerkünstler, den Dieter losgeschickt hatte. Riko lächelte still in sich hinein, er war plötzlich sehr vergnügt, Dieters Bild trat ihm vor Augen, wie er den Krug genommen und gesagt hatte, wenn ich's nicht mehr trinken kann, schütte ich's an mich heran, und wie er langsam den Krug über seinem Kopf ausgeleert hatte. Den Rest des Abends war er dagesessen, hob das kurzärmelige Sommerhemd hoch und klatschte sich auf den Bauch, worauf das Bier allmählich zu einem klebrigen Sud trocknete, die Haare klebten in die Stirn hinein, aber es war warm in der Dorfschänke, alle Fenster standen offen, und draußen war es warm, in den Straßen der Innenstadt, ein glühender Sommer strömte herein, milde Lichter einer Julinacht, weiche Stimmen, braungebrannte Haut, warum nicht hier mit einem nassen Hemd am Leib dasitzen und lachen? Riko trank.

Als er das Glas absetzte, verschoben sich allmählich seine Gedanken, leicht durcheinandergerüttelt glitten sie quer durch den Kopf, als wären krumme Förderbänder unter sie gerückt. Von irgendwoher kam ein Summen und füllte den Raum aus, ohne daß Riko behaupten konnte, es wirklich zu hören, es drang in seine Augen hinein und versetzte den Raum in Schwingungen, den knatschigen Bretterboden, Riko kniff die Augen zusammen, er sah die ausgespülten Gläser umgedreht auf der Ablaufplatte der Theke stehen, sah das Glas mit der Schaumkrone, das der Wirt eben unter dem Zapfhahn wegnahm, und er sah dahinter den Schrank mit der Glastür, die aufgeschoben war. Zwischen den unbenutzten Gläsern standen die Pokale, mattglänzende Vasen auf Sockeln aus Holz, daneben die Wimpel von Fußballvereinen. Einige waren in einen dreieckigen Plastikschutz gesteckt, stechend helle Lichtflecken schwammen über den Vereinsfarben, blauweißrote Streifen, grünschwarze Streifen, darauf ungenau, wie verwischte Stellen, die Vereinswappen, nicht zu erkennen von Rikos Stuhl aus, Riko blinzelte, jetzt sah er den Wirt mit dem Glas Bier in der einen und einem verdrückten Schuhkarton in der anderen Hand hinter dem Tresen hervorkommen. Er stellte das Bier ab, zog einen Stuhl heran, wenn ihr wissen wollt, wie's damals war, sagte er, müßt ihr die Bilder angucken, hier, er langte in den

Karton und holte ein Foto hervor, schaute darauf, hier bin ich, der mit der Fahne und den kurzen Hosen, neunundvierzig in Stuttgart, das war's, als ich noch beim VfR gewesen bin.

Der Wirt reichte das Foto über den Tisch, es zeigte ein paar junge Männer, die fahnenschwenkend über eine Rasenfläche zogen, von weitem aufgenommen, in blitzenden Grautönen, die Gruppe ging auf den Betrachter zu, heißes Wetter, ein harter Sonnenschein hatte einen Teil des Rasens fast weiß ausgeleuchtet, im Kontrast. Beinahe alle Männer hatten die Hosen hochgekrempelt und standen wie festgehalten in dem schwungvollen Schritt, zu dem sie angesetzt hatten, als wollten sie endlich aus dem Hintergrund nach vorn ins Bild kommen. Riko stellte sich ihre Gesichter fröhlich vor, lachend, waren sie nicht auch so in den Krieg gezogen? Riko konnte die Gesichter nicht deutlich sehen.

Der Wirt war damals knapp über dreißig, wie er sagte, gerade aus dem aktiven Sport heraus und übergetreten in die Altherrenmannschaft als einer der jüngsten. Ich hatte noch alle Haare, sagte er und hob die gewölbte Hand an den Hinterkopf, wo die Haut bräunlich und glänzend zwischen den Haaren hervorleuchtete; er lächelte dazu so verschmitzt, als blickte er auf diese Stelle seines Hinterkopfes.

Viele waren in den Vereinsfarben da, erzählte er weiter, legte das nächste Foto auf den Tisch, wieder eine Gruppe von Männern, die Fahnen trugen, ihre ganze Haltung atmete die unbeschwerte Zuversicht auf einen Sieg aus, der niemandem das Leben kosten würde. Etliche trugen kurzärmelige Trikots, hier sieht man die Buchstaben, sagte der Wirt und deutete auf einen, bei dem ein paar helle Linien auf der Brust zu erkennen waren, durchbrochen von den Falten, in die der Stoff am Körper verrutscht war, hier das V und das R, das f kann man nicht lesen.

Der Wirt schob weitere Fotos über den Tisch, es ging schneller, Gruppenbilder, laienhaft aufgenommene Szenen aus Fußballspielen, viel Rasen war zu sehen, grau gewellt, und weit entfernt ein paar Spieler, in die Landschaft gestellte Figuren. Die Fotos häuften sich auf dem Tisch, Schwarzweißaufnahmen in kleinen Formaten, mit gezackten Rändern und den Linien, die von Knicken herrührten, quer über das Foto zogen sie, gebrochenes Glanzpapier, der Wirt hatte die Fotos schon so oft ein und wieder ausgeräumt, vorgezeigt, weggesteckt, daß sie ganz gewellt waren. Ein kleines Leben, und die Erinnerungen daran paßten in einen Schuhkarton, abgezogene Augenblicke, die sich zu einem lockeren, unsortierten Haufen Bilder auf dem Tisch zusammentragen ließen, die Negative gab es nicht mehr, der Wirt jedenfalls besaß sie nicht, mehr blieb, was die Fotos anging, von diesem Leben nicht übrig, wer wollte schon den Karton mit den Bildern aufheben, später einmal, mit Bindfaden verschnürt und in einer Kiste verwahrt? Die grauen, ungenauen und kunstlosen Bilder waren davon abgefallen wie Blätter von einem Baum, der Wirt griff hinein und warf die Fotos wieder in die Schachtel zurück, sehr sorgsam ging er nicht mit ihnen um, er schüttelte den Karton, die Fotos sollten in eine Lage rutschen, in der sie einander nicht umknickten oder verbogen. Riko dachte an die Losverkäufer auf der Kirmes, wie sie die Plastikeimerchen schüttelten, das Kinderspielzeug, worin die Lose durcheinanderstürzten und die Möglichkeit versprachen, endlich einmal mehr herauszuholen als man hineingesteckt hatte. Die Fotos im Karton versprachen aber davon nichts mehr. Sie erinnerten an glückliche Augenblicke, und insofern dabei all das Empfinden aufgerauht war und offenlag wie eine schöne Zukunft, die jungen Männer darauf sich spüren konnten, fiel auch etwas Glück auf jene Schnappschüsse zurück, die nach wichtigen Niederlagen entstanden waren, nach Schicksalsspielen, wie die Reporter übertreibend sagten und was die Spieler und Anhänger übernommen hatten.

Die Fotos waren wie Lose mit kleineren Gewinnen, rührende Trostpreise, eine Rolle Drops, eine Papierblume, ein Fläschchen irgendeiner schäbigen Schnapssorte. Ein Haupttreffer war nicht darunter, kein Volltreffer, und trotzdem und wenn ich hundert Jahre alt werde, diesen Tag vergesse ich nie, deutscher Meister, was glaubt ihr, was los ist, wenn sie das noch einmal schaffen?

Sie tippten auf Freibier, die Fässer kämen heraus auf den Platz, wie wär's mit einem kleinen Rummel zwischen den beiden Toren, mit einer Blaskapelle im Kreis um den Anspielpunkt? Blaskapelle? Sowas Verrücktes! Aber deutscher Meister wer-

den oder in der Nationalmannschaft stehen, das waren die Ziele, darunter will ich's nicht machen, sagte Dieter; die Haare, die vom Duschen noch naß waren und die er in dicken, feuchten Strähnen nach hinten gekämmt hatte, waren an den Schläfen schon ganz trocken und hatten sich wie Flaum aufgerichtet, sie zitterten in den leichten Schwingungen der Kneipenluft. Geradlinig und forsch wie ein Personalchef beim Einstellungsgespräch, so wirkte Dieter plötzlich, und wieder verstummt, preßte er die Lippen fester zusammen, als er das sonst tat, er behielt den zupackenden, keinen Widerspruch erwartenden Gesichtsausdruck, und zum ersten Mal, vielleicht bewirkte der Alkohol, das Bier, bei Riko eine genauere Weise zu sehen, fiel Riko auf, daß Dieters Gesicht nicht nur, entsprechend dem athletischen Körper, voll war, sondern daß es zur Feistigkeit neigte. Und wie Riko vorhin die ehemaligen Kindergesichter in den Umrissen der Köpfe jener Alten entdeckt hatte, so konnte er sich auf einmal vorstellen, wie Dieter als Dreißig- oder Vierzigjähriger aussah, ein mildes, empfindungsarmes Gesicht, die Backen rötlich und die Augen ein wenig in das aufgeweichte Fleisch zurückgesunken, dazu das Gehabe eines Betriebsrats, wenn er vor der Belegschaft den Rechenschaftsbericht mit Floskeln durchsetzte und mit Gesten begleitete, die jede respektlose Zwischenfrage vom Podium wischten, noch bevor sie gestellt wurde.
Aber warum nicht, warum konnte er nicht Nationalspieler werden, wo er bereits in der Stadtauswahl gespielt hatte? Und deine Technik? Im Zweikampf bin ich jedem überlegen, Fußball ist ein Kampfspiel. Doch wie sie hier an den Tischen saßen, vor den vielen Gläsern, den leeren und den vollen, Bierflecken auf der Platte, fehlte ihnen die Möglichkeit zu vergleichen, keiner kannte auch nur einen Jugendspieler eines anderen Großstadtvereins, schon die Karlsruher waren besser als sie, hieß es, dann erst die Münchner oder der 1. FC Nürnberg, der die letzten Jahre meistens den süddeutschen Meister gestellt hatte. Sie waren immer nur gegen Teams aus dem Landkreis angetreten und hatten, wie heute, selbst dabei nicht jedes Mal gewonnen. Jedoch setzten sie auf das nächste Jahr, ihre Mannschaft blieb ja beisammen, nächstes Jahr, da konnten sie noch einmal zuschlagen.

Allmählich löste sich das Gespräch auf, Niedecken sagte bloß noch, und du wirst nicht Nationalspieler, er sagte es immer wieder dazwischen, egal was Dieter redete, und Dieter ging nicht darauf ein, wischte nur mal mit dem Bierfilz durch die Luft, wollte ausradieren, was Niedecken sagte, Haas lag mit dem Kopf auf der Tischplatte, der Wirt begann bereits, die ersten Gläser abzutrocknen und in den Schrank zu stellen. Er wies darauf hin, daß bald Schluß sei, er hatte noch einen anderen Beruf, und sie mußten morgen früh auch wieder zeitig aus der Falle, zudem hatten sie verloren, also gab es gar keinen Grund, bis Mitternacht hier herumzusitzen, so wurden die Leistungen nicht besser, so holten sie auch nächstes Jahr den Topf nicht. Langsam rappelten sie sich auf, mußten sich vom Wirt noch zwei-, dreimal an ihre Bereitschaft zu gehen, erinnern lassen, Dieter hatte das Spiel vergessen, vielmehr es gelang ihm, nicht weiter daran zu denken, er war müde, er würde lange nach seinem Vater nach Hause kommen und leise sein müssen, weil sie alle schon schliefen, die Eltern, der jüngere Bruder.

Teig in den Knien, Dieter hatte das Gefühl, gegen ein Förderband anzugehen, das in die entgegengesetzte Richtung lief, irgendwann unterwegs hatte er noch etwas getrunken, ein kleines Helles am Tresen, es halb stehengelassen, aber dabei Riko verloren. Jetzt blieb er am Fleck, während er vorwärtsschwankte, die unbeleuchteten Häuser, diese fahlen Bauten, und die wenigen, am Straßenrand geparkten Autos schaukelten an ihm vorbei, der Mond war draußen und schimmerte so verschwommen durch den Abendnebel, als läge er im Wasser. Dieter hatte die Sporttasche geschultert, er sah einen Mercedes stehen, breit und schwer, wie in den Boden gewachsen, und er knackte den Stern, beinahe wäre er über den Kühler gefallen, als er den Stern nach hinten drückte. Nicht aufgepaßt hatte er, zu schnell gehandelt, zu wenig beherrscht, das Abzeichen war oben abgebrochen, am Ring um den Stern, nicht am Sockel, man konnte es nicht mehr aufstellen, und es sah auch nicht schön aus, dieser durchbrochene, vierkantige Ring. Dieter sah den Platz vor sich, öde und leer im Dunkel, von den Bäumen um ihn herum fiel noch mehr Dunkelheit auf das Pflaster, obwohl die ersten Blätter schon zu Boden getrudelt waren, finstere Äste wiesen erstarrt nach oben, Dieter schleuderte den Stern zum Platz hinüber, wo er geräuschlos auf dem Boden aufkam, wie verschluckt, er mußte in die Sandgrube gefallen sein, Dieter gluckste, ein Kind wird sich morgen freuen, und ein Bonze wird sich ärgern, alles bestens, wer was dagegen hat, soll es sagen, dem hau ich in die Schnauze. Er trat gegen das Blech einer Radkappe, der Schuh rutschte ab und hinterließ eine dünne Schleifspur, die hell blitzte, das Silber schimmerte durch den dreckigen, schmierigen Film auf der Kappe, der Tritt hatte auch viel dumpfer geklungen, als Dieter erwartet hatte, der Elfmeter kam wieder, der zu tief angesetzte Kick, Dieter spürte wieder den bröseligen Boden, der sich gegen den Schuh stemmte, auf ihrem Platz wäre ihm das nicht passiert, auf Rasen. Morgen hau ich auf den Putz, er schlug die Sporttasche gegen das Verkehrsschild an der Ecke, auch dunkel, dumpf dieser Klang, alles dunkel und dumpf, nichts klingelte, nichts krachte oder klapperte, morgen sage ich dem Ausbilder Bescheid, diesem Arsch, dachte er, als er sich am Geländer die Treppe im Hausflur nach oben drückte, wenn der mich nicht an den alten Platz zurückläßt, bin ich weg, Freitag, dann geht es in das längste Wochenende der Welt, dann sehen sie mich nicht wieder, diese Wichser.

Jene Dielen unter dem Stragula, die knarrten, wenn er darauftrat, kannte er, aber heute waren sie ihm gleichgültig, und doch kam er in sein Zimmer, ohne jemanden zu wecken, jedenfalls tauchte niemand an der Tür auf, als er die Sporttasche auf den Boden poltern und sich auf das Bett sinken ließ. Viel Platz gab es nicht, selbst aus dem Fenster konnte er kaum richtig schauen, das ging nur, wenn er stand, so klein und hoch angesetzt war es, und es reichte auch nur auf die unverputzte Rückwand des nächsten Hauses, auf bräunliche, von Ruß und Abgasen dunkel getönte Ziegelsteine, die oben schon abblätterten, wo Regen und Wind ungehindert dagegenpeitschten und den Mörtel zum Teil aus den Fugen gespült hatten. Irgendetwas war mit dieser Mauer los, auch sie hatte ihre Vergangenheit, ein Alter wenigstens, nicht nur jene künstlerisch wertvollen Außenwände, verzierten Fassaden, die Dieter vor ein paar Jahren auf der Klassenfahrt durch den Odenwald gesehen hatte, entlang einiger Schlösser, Amorbach oder so, genau erinnerte er nur die Filzpantoffeln, in die sie am Eingang der Säle schlüpfen mußten, bevor sie auf das Parkett treten durften. Diese Wand da drüben jedoch war von Leuten hochgemauert worden, denen er sich näher fühlte, seit er aus der Schule entlassen war, er wußte ungefähr, was sie dabei gedacht und geredet hatten. Wie wenig war von diesen Männern, Maurern, Polieren, Speisbuben, in der Wand aufbewahrt, beinahe gar nichts, bloß die Tatsache, daß sie so etwas gekonnt hatten, solche Mauern hochziehen, aber das war nun wirklich nichts Besonderes.

Manchmal jedoch fand Dieter, daß diese Wand die Blicke enthielt, die er als Kind auf sie geworfen hatte, wenn er im Hof gespielt, den Ball gegen die Mauer getrieben, in ihrem Schatten die Cowboy- und Indianerfiguren aufgestellt hatte, gewonnen aus den Wundertüten am Kiosk vor der Schule für zehn Pfennig. Und es waren die Blicke enthalten, die auf die Mauer fielen, wenn er an der Teppichstange turnte, sie war rund und angenehm glatt, größer, handlicher als die Reckstange im Turnsaal, sie schmerzte nicht in den Händen, wenn er sich aus der Stütze nach vorn fallen ließ und die Stange durch die Finger glitt, und plötzlich war die Wand oben; so ruckartig Dieter nach unten geschlagen war, so mit einem Satz war diese fleckige, gemusterte Fläche nach oben geschnellt, gleich neben den Himmel, das steinerne Grau und das luftige Grau, die regelmäßige Ordnung der Ziegelsteine, ihre abgesprungenen Kanten, die wenigen bleichen, in einem bedeckten Gelb schimmernden Ziegel dazwischen. Dieser Mauer schroff entgegengesetzt und doch mit ihr verbunden, zusammen mit ihr über Dieters Kopf schwebend, das war der Himmel, ein kahles, diesiges Feld, aus dem düster aufgebauschte Wolken hingen, die hinter die Mauer schwebten, hinter den Rand des Daches, und allmählich verlor auch diese Wand aus Steinen ihren festen Ort, sie glitt davon, ohne doch von ihrem Platz zu rücken, das Blut rauschte derart laut durch Dieters Ohren, daß er es hören konnte, ein schwammiges Fließen, so strömte es durch Dieters Kopf, ohne Quelle und ohne Mündung, und in dieses Rauschen schob sich die Hauswand hinein, segelte, schwebte mit, summte davon, die Wolken quollen auf, ein Lichtschein erschien an den Rändern, Strahlen, die dahinter hervorwuchsen

und die wogenden Ränder beleuchteten. Dieter fühlte sich schweben, er war irgendwo im Raum, in der Luft, weg von der Erde, die Verbindung zum Boden hatte sich aufgelöst, wo war unten?, und wie kam er jemals wieder dorthin? Angst zuckte durch seinen Körper, machte ihn plötzlich schwer und hilflos, die Hände rutschten weg, hielten nichts mehr, Dieter fiel, stürzte nach unten, schlug auf die Füße und taumelte gegen die Mauer, er spürte sie an den Handflächen, bevor er sie sah.
Immer noch im Schwindel ging er schwankend über den Hof, vorbei am Fahrradschuppen, einer schmächtigen, schlampig zusammengenagelten Bretterbude, Dieter wich dem Abflußgitter in der Mitte aus, wo sich der steinerne Boden vertiefte und eine kleine Mulde aus Zement bildete, er erreichte die dunkelbraun gestrichene Tür, die von hinten in den Hausflur führte und auf deren geriffelter Scheibe sich der Dreck festgesetzt hatte, Scheißmauer, Dieter lag im Bett, und das Zimmer drehte sich um ihn herum, er lag in der Mittelachse eines Karussells, die Beleuchtung war aus, das Karussell schraubte sich in die Finsternis hinein, tief und tiefer hinein, das Licht, das Licht blieb aus, die Steine, die Mauer, das Dunkel, aus dem ihn, nach Sekunden, wie ihm schien, seine Mutter rüttelte, los, du mußt doch raus, fauchte sie, was ist denn bloß los mit dir!

An der Tankstelle

Die anderen blieben jetzt alle noch liegen, blinzelten zur Wand, hoben den Kopf und schauten kurz zum Fenster hin, wie hell es draußen bereits war, falls sie nach dem Abend gestern überhaupt schon wach waren, um Mitternacht hatten sie noch in der Stechuhr gesessen und ein Bier in der Hand gehalten, Dieter war dazugestoßen, von Uschi, müde vom Spiel am Vortag, genau wie Riko. Daß die immer noch spielten, immer noch an die Karriere glaubten! Wenigstens konnten sie jetzt ausschlafen, Muff jedoch mußte heraus, er wollte nicht, wie auch?, er mußte, er wälzte sich auf den Bauch, drückte das Gesicht in das Kissen, bekam keine Luft, drehte es zur Seite, wie warm und weich das Kissen war, wie anheimelnd. Am liebsten hätte Muff seinen Körper der Form der Matratze angeglichen, damit es auch keinen Flecken Haut gab, der nicht gegen das Bettzeug gedrückt war. Muff spürte das Laken, wo es leicht und zerknüllt über die Decke hinausreichte und ihn am Hals kitzelte, hinten, dort endeten die Haare, die ihm in das Genick wuchsen, nicht sehr tief, aber schon zu weit für seinen Alten; öfter als einmal die Woche wollte er Muff zum Friseur schicken, schwarze Haare, da sieht es besonders schlampig aus, sagte er. Stand Muff jetzt tatsächlich auf, so blieb er wenigstens vom Anblick des Alten verschont, von den mürrischen Sprüchen beim Kaffee, wie sie sein Vater an den anderen Samstagen, an denen Muff frei hatte, vor sich hinmurmelte, ewig die gleichen Sätze, er merkte doch auch, wann er das Hemd wechseln mußte, aber Wörter konnte man halt nicht schmutzig machen, nicht waschen und nicht für eine Weile auf die Leine hängen.

Muff rutschte auf den Rücken, streckte sich unter der Decke, bis die Sehnen in den Kniekehlen so angespannt waren, daß die Kniescheiben herauszuhüpfen und die Beine nach vorn zu knicken drohten, so kam ihm das vor. Schnell zog er die Beine an den Körper heran, jetzt war das Bett wärmer, er fühlte die Wärmestrahlen, die der Körper aussandte, zwei, drei Zentimeter um die Haut herum, so etwas wie einen Astralleib, über den einmal ein Artikel in der Zeitung gestanden war, der Sitz der Seele ist zwei Zentimeter unter der Haut, hieß es in der Überschrift. Astralleib, das war auch so ein Wort, hieß es in der Überschrift. Astralleib, das war auch so ein Wort, an das sie jahrelang ihre Witze hängen konnten, aber diese Wärmestrahlen durchdrangen einander, Muff fühlte es, wenn er sich einrollte, die Knie gegen den Bauch drückte, so daß er wohlig lag.

Die Gardinen waren noch nicht zurückgezogen, den Rolladen hatte Muff gar nicht erst herabgelassen, in der Nacht hatte er nicht daran gedacht, war mit den Gedanken nur dabei gewesen, daß er in fünf Stunden wieder herausmußte, wenn draußen noch die Dämmerung kalt und dunstig zwischen den Häusern hing, was ihn, schob er die Gardinen zur Seite, schaudern machte, die starren Häuser gegenüber, die wenigen Fenster, aus denen schon Licht fiel. An diesen Samstagmorgen waren es zwei, drei Küchenfenster, durch deren Vorhänge Muff jemanden hantieren sah, eine Frau im Morgenrock, mit trägen oder besonders eiligen Bewegungen, so oder so erschienen Muff diese Handgriffe, Körperwendungen, dieses Hin und Her vom Ofen zum Küchentisch, zum Küchenschrank um diese Tageszeit ausgeprägter als später, wie genauer bedacht, bis die Verrichtungen im Lauf des Vormittags oder sofort nachdem der Mann das Haus verlassen hatte, hinüberglitten in den gewöhnlichen Rhythmus, in dem die Frauen später auf der Straße einkaufen gingen.

Ob Uschi jetzt auch aufgewacht war, für einen Augenblick nur? Wie weich mußte sich ihr Körper anfühlen, wie vollgesogen mit Wärme und stillen, verdämmernden Träumen, und wie roch ihr Körper jetzt, die Achselhöhlen, die vom Schlaf trockene Haut, wie roch die Möse, und hatten die Schamhaare einen eigenen Duft oder so etwas? Welch eine Art von Nachthemd trug sie jetzt, genau jetzt?, eins von diesen kurzen milchigweißen Dingern, durch die die Umrisse ihres Körpers schimmerten, die dunklen Schatten der Brustknospen, des Schamhaars, aber wie dunkel war es denn, war es überhaupt dunkel und nicht eher blond? Muff hatte es nie gesehen, nie die Mulde zwischen den beiden Hüftknochen, wenn Uschi auf dem Rücken lag, wie er das im Sommer im Schwimmbad bei den

Frauen beobachtet hatte, das Gummi des Bikinis spannte sich über die Knochen hinweg und ließ einen schmalen Spalt zwischen dem Stoff und der Haut, ein Spalt, in den Muff gern hineingesehen hätte, wäre das irgendwie möglich gewesen. Jedoch als er Uschi kennengelernt hatte, gut genug, um sich ganz nahe neben sie zu legen, den Kopf an ihren Bauch zu schmiegen und dazuliegen, wie das die anderen Paare taten, war der Sommer schon vorüber gewesen. Die Oktoberkirmes hatte begonnen, und die Messewagen standen auf dem Messeplatz, ganz in der Nähe ihres Platzes, die farbigen Holzwagen mit den Auslagen auf der einen Seite, wo die Wand zu einem Vordach hochgeklappt war, unter dem konnte man stehen, wenn der Oktoberwind schüttere Regenböen vorbeitrieb, man konnte die Auslagen anschauen, ohne gleich angemacht zu werden, gebrannte Mandeln, türkischer Honig in Blöcken, Negerküsse, gedrehte Stangen Lakritz und all das, die bunten Zukkerstangen und die einfarbig grünen, die nach Pfefferminz schmeckten und die sich so spitz ablutschen ließen, daß man die anderen damit pieksen konnte. Beinahe hätte Muff einmal so ein Ding ins Auge gekriegt, elf oder zwölf war er damals gewesen, hatte einen Bekannten davon abgehalten, zusammen mit anderen den amerikanischen Soldaten in ihren hellbraunen Uniformen über die Kirmes zu folgen, die Buden entlang, und sie um Geld anzuhauen. Immer hing da eine Traube von Kindern an zwei, drei Soldaten und bettelte um Kaugummi, einen Cent, einen Dollar, deutsches Geld, eher hätte sich Muff verprügeln, nach einer langen Verfolgungsjagd zwischen den Reitschulen, Kettenkarussellen, Geisterbahnen erschießen lassen, als dabei mitzumachen. Die Kinder wimmelten hinter den Soldaten her und stürzten einander ins Gedränge, sobald ein Soldat den silbrigen Flitter, den er geschossen hatte, nach hinten warf, eine Rose aus Kreppapier, ein Hufeisen aus Pappe, ein Schornsteinfeger oder so etwas, Glücksbringer ans Draht und Flaum.

Muff fuhr hoch. Schmerzhaft war das, dieser Ruck, der ihn mit sämtlichen Nerven zugleich aus dem Halbschlaf stieß, in den er gesunken war, ohne es zu merken; jetzt mußte er aufstehen, jetzt mußte er sich schon beeilen. Was ihm bisher noch nie gelungen war: zu beobachten, wie er einschlief. Öfter hatte er es schon versucht, wollte so weit wachbleiben, daß er wenigstens den ersten Schritt auf dem Weg in den Schlaf mitgehen konnte, aber es gelang ihm nie, jedesmal erwachte er am anderen Morgen und konnte nichts weiter feststellen, als daß er eingeschlafen war. Er schlug die Decke zurück, die Brust sollte frei werden, der Entschluß aufzustehen leichter. Sofort war er von der kalten Zimmerluft umhüllt, ein Novembermorgen, draußen war es nachher düster und feucht, die Kälte würde gegen seine Backen schaben, in die Kleider kriechen, zwischen Hals und Hemdkragen den Rücken hinab, schon hier im Bett merkte Muff, wie die Wärme auch an den Beinen nachließ, langsam wich sie von ihm wie Luft aus der winzigen undichten Stelle eines Reifens. Tankwart, wie hatte er das nur werden wollen, er war der einzige von ihnen, der mindestens jeden zweiten Samstag zur Arbeit mußte, den Blauen überziehen; er hatte sogar schon sonntags gejobt und eine Menge Geld kassiert, Sonntagszuschlag, Trinkgelder, zugesteckt mit gönnerhaften Feiertagsgesten von den Leuten, die so herausgeputzt waren, als dürften sie nur einmal im Leben solche Kleider tragen, ein Abstecher zur Tankstelle am Weg, moderner Stil, eine Tankstelle in der Neckarstadt Ost, auf eine Eckfläche gesetzt, an einer breiten Ausfallstraße mit einem Mittelstreifen für die Straßenbahnen, Schotter, Geleise, Zaun davor, Zaun dahinter, niedrige Hecken zu beiden Seiten, quietschend rutschten weiter vorn die Straßenbahnen in eine breite Kurve. Jetzt aber raus, die Beine anziehen und hoch, gleichzeitig, wie im Turnen, einen Satz machen und über die Bettkante hinwegschnellen, auf dem Bettvorleger aufkommen und stehenbleiben, kein Ausfallschritt, das wollen wir doch einmal sehen.

In der Küche nahm Muff den Kessel mit dem heißen Wasser vom Herd, den seine Mutter, nachdem sie Feuer gemacht, aufgestellt hatte, Muff goß das dampfende Wasser in eine Plastikschüssel im Spülstein, genau vor dem Fenster. Während er sich einseifte, schaute er durch die Vorhänge hinaus, es war das bekannte Samstagmorgenbild, damit war er aufgewachsen, es kehrte einmal die Woche wieder, ein Stück vom Kalender, abzureißen war es nicht. Noch brannten nur wenige Lichter, viele Leute gab es nicht, die jetzt schon aus den Betten waren, auch auf dem Bau gegenüber entdeckte Muff keinen Menschen. Die rohen Grundmauern ragten bis ins erste Stockwerk hinauf, mit den rechteckigen Aussparungen für die Fenster, Bretter lagen im Hof, zu einem Haufen gestapelt, aber auch einzeln, kreuz und quer, wie von oben verstreut, eine Mörtelmischmaschine schimmerte verwunschen im Dämmerlicht, ganz bleich vom Kalk, wie eingesprüht, mit Silber war gespart worden. Standen erst einmal die Mauern bis zum Dach, hatte der Rohbau die Lücke in der Häuserfront auf der anderen Seite der Innenhöfe geschlossen, so war es vorbei mit dem Blick bis zum Messeplatz hinüber, bis zu den Bäumen, die den oberen Weg entlang des Neckars säumten, gedrungen geschnittene Platanen mit abgeflachten Kronen, vorbei war es mit dem Blick auf die Häuser der Innenstadt jenseits des Neckars, mit den unleserlichen, aber sichtbaren Neonreklamen, nachts warfen sie einen Widerschein an den Himmel, als glühte der Dreck, der Staub und der Ruß in der Luft über dem Industriehafen und dem Stadtkern.

Dann war auch dieser Hof, in den Muff hinunterschaute, während er die Arme bis zu den Ellbogen in das Wasser tauchte und sich die Poren zu einer Gänsehaut aufrichteten, von allen Seiten umschlossen, war ein gewöhnlicher Hinterhof geworden, mit frühem Schatten, mit der Metzgerei im Erdgeschoß und der Bäckerei zwei Trennmauern weiter. Dort hatte Muff, als er noch zur Schule gegangen war, am Nachmittag die Bäckergesellen herumstehen sehen, in ihren schwarzweiß gesprenkelten Hosen, den vom Mehl eingestaubten Unterhemden, Muff hatte sie beobachtet, wie sie an ihrem frühen Feierabend rauchend beisammen standen, wie sie einander neckten, auf die bloßen Oberarme boxten und einander durch den Hof trieben, mit Gelächter, Zurufen, erst schwungvollen, aber gezielten, schließlich mit nachlassenden, ungenauen Bewegungen. Da hatte Muff auch Bäcker werden, am Nachmittag im Hof stehen und in die Sonne blinzeln wollen, solange sie noch nicht hinter den Rand der Dächer gesunken war und ein kühler Schatten über den Hof kroch, in dem man schnell zu frösteln begann. Und wie angenehm duftete die Backstube, einmal hatte er hineingesehen, in die riesigen Bottiche, worin der blasse Teig um eine Achse trieb, auf die von feuchten Tüchern abgedeckten Teigformen; die Hitze ließ einen unbekümmert und beinahe frei im Unterhemd werkeln, von jedem Teig konnte man naschen, von jedem Backwerk ein Stück für einen selbst zurücklegen, wen kümmerte das schon bei dieser Überfülle von Broten, Kuchen, süßen Teilchen für den Kaffee, von Brezeln und Brötchen.

Dagegen die Metzgerei unten im Haus!, dieser ewige Gestank nach erkalteten Därmen, nach Fett und rohen, blutigen Fleischstücken, die Metzgergesellen trugen die Batzen kübelweise auf den Schultern vom Hinterhaus in den Laden nach vorn, Muff schaute von oben, vom Balkon aus, in die Kübel, auf die roten und weißen Stücke, auf Fleisch, auf Knorpel und Fettschichten, zerhackte Knochen, Leichenteile. Diese Samstagnachmittage, an denen die Metzgergesellen noch stundenlang den Hof mit Wasserschläuchen ausspritzten, nachdem sie den schwarzen Mercedes des Meisters gewaschen, in die Garage gefahren und die Tür geschlossen hatten – alle anderen Leute, selbst die Verkäuferinnen in den Warenhäusern und die Besitzer von Lebensmittelläden hatten längst abgerechnet und waren nach Hause gegangen, der Kaffeeduft zog durch den Hausflur, verdrängte für eine Weile den Geruch der Metzgerei und der Scheuermittel auf den feuchten, glitschigen Steintreppen. Da lag Muff, wenn er nicht arbeitete, in der Küche auf dem Sofa herum, hörte das Spritzen des Schlauchs, den prasselnden Wasserstrahl, sobald er gegen den Boden oder auf eine Hofmauer prallte, dazu die Rufe der Gesellen im Hof, die in dem stillen Nachmittag verhallten, als hingen festliche Wolken aus Samt über dem Viertel und sogen alle Geräusche auf, die von einer Arbeit herrührten. Muff fühlte sich gut, badete in der Gewißheit, daß er sich später in aller Ruhe feinmachen und die anderen treffen konnte, daß er nicht so hektisch in der Wohnung umherhasten mußte wie heute gegen Abend, wenn er von der Arbeit zurückkam und ihm knappe zwei Stunden Zeit blieben, das restliche Öl von den Händen zu schaben, den schwarzen Dreck unter den Fingernägeln wegzukratzen, sich zu waschen, die Kleider zu wechseln und zu essen, während die Mutter fragte, wo gehst du denn schon wieder hin? Raus, sagte Muff, was heißt raus?, sagte sein Alter, zu den andern, sagte Muff. Nachher traf er sie, die schon den ganzen Tag herumgedöst hatten und nicht mit diesen müden Muskeln wie er in die Innenstadt zogen, jedoch fühlte er sich gerade an diesen Samstagen unternehmungslustig, der Körper, von der Arbeit einmal in Bewegung gebracht, wollte sich weiterbewegen, Muff klatschte in die Hände, einen kurzen Rhythmus, er sang ein altes Lied, sang Be-Bop-A-Lula, she's my babe, be-bop-a-lula, don't mean maybe, und trieb die anderen voran, vorwärts, worauf warten wir noch.

Und worauf wartete er noch, in welchen Tran war er gesunken, das Marmeladenbrot mußte hinunter, der heiße Kaffee, den er sich selbst aufgebrüht hatte, nachdem seine Mutter wieder zurück ins Bett gegangen war, Muff hatte nichts dagegen, sollte sie schlafen, er blies in den Kaffee, schlürfte hastig, ihr Gerede fiel ihm so früh am Morgen auf den Wecker, da konnte er nicht standhalten und fuhr sie an, jetzt laß mich in Frieden mit deinem Vesperbrot, ich kauf mir um zehn selber was, ist doch ein Laden um die Ecke, ein neuer sogar, ein Supermarkt. Und tatsächlich, da knarrte die Küchentür, und sie stand im Rahmen, den Morgenrock um den verschlafenen Leib geschnürt, sie kniff die Augen zusammen, blinzelte ins Licht der Küchenlampe, sie verzog das Gesicht, als würde jede Pore ihrer Haut geblendet, brauchst du das Licht noch?, sagte sie.

Sparen willst du wie immer, sagte Muff, nimm doch ein Brot mit, sie, aber ich kaufe mir was im Supermarkt, er, spar dein Geld, sie, nimm die Wurst von hier, es ist genug da. Nein, sagte Muff, nein, nein, ich geh jetzt, du kannst was Gutes kochen, auf den Nachmittag.

Er schlüpfte in die Jacke, wand sich den langen, dunkelgrauen Schal um, bis heute abend, sagte er, daß du nicht hören willst, sagte sie, das Geld kannst du dir doch sparen, und während er die Wohnungstür öffnete, hörte er sie das Licht ausknipsen, zack war der Lichtschein weg, der als schmaler, scharfer Streifen auf dem Linoleum im Flur gelegen war, ich geh noch einmal ins Bett, sagte sie, von mir aus, sagte er und war draußen.

Muff mußte ein Moped haben, besser noch einen Motorroller, jedoch war er noch nicht achtzehn, eine Vespa mit einem Biberschwanz hinten am Sitzpolster, so einen, den die Trapper an ihren Fellmützen getragen hatten, während sie die Wälder durchstreiften und aus dem Versteck im Unterholz heraus über die Flußbiegungen nach Indianern ausspähten, nach verborgenen Kanus, nach Rauchsignalen, die in den blassen Himmel über dem Dach des Blätterwaldes kräuselten, nach einer plötzlichen Bewegung in den Zweigen am anderen Ufer. Das war ein Leben, und was gab es heute? Jeans, eine Lederjacke mußte er haben, eine kurze mit Reißverschluß und einem gestrickten Bund, und dann auf der Vespa quer durch die Innenstadt nach Feierabend.

Diese Gedanken trieben vor ihm her, er begann sie aus dem Kopf zu verlieren, sie schwirrten ab, als er aus dem Haus trat, die Lange Rötterstraße hochging, weiter zu Fuß an Felina vorbei, der Miederfabrik inmitten der Wohnhäuser; dort standen mehrere Reihen von Modepuppen im Keller, nackte, fleischfarbene Figuren in der Dämmerung des Lagerraums, man konnte sie durch die Kellerfenster betrachten, mußte sich hinunterbücken und das Licht von der Scheibe abhalten, in der sich sonst das Straßenbild spiegelte. Wie idiotisch, als Muff und die anderen ungefähr zwölf waren, hatten sie das tatsächlich gemacht, hatten sich an die Kellerfenster gedrängt, sich gegenseitig weggeschubst und gelacht über die beiden Schwellungen, die die Brüste darstellten, über die Andeutung des Schamhügels, der bei den männlichen und weiblichen Figuren gleich ausgesehen hatte. Zu blöde, klar, selbstverständlich, aber diese Figuren hatten Muff zum ersten Mal eine Ahnung von Nacktheit gegeben und davon, wie schutzlos jemand war, der nackt dastand, mit einem leichten trockenen Stoß ließen sich diese Figuren aus dem Gleichgewicht bringen, einmal mit der Hand dagegengedrückt, mit ein paar Fingern schon, und sie kippten nach hinten um, und vielleicht fielen sie sogar auseinander, ein Arm rutschte aus dem Körper, ein Bein, und blieb daneben liegen, etwas verquer, so wie es gewöhnlich nicht lag, sondern nur bei Toten, die von irgendeinem hohen Gebäude herabgestürzt und auf den Boden geprallt waren, auch sie, wußte Muff aus Filmen und durch die Fotos von Selbstmördern in den Illustrierten, lagen so verrenkt da, zu kaputten Wesen zusammengepreßt, denen eine Dimension abhanden gekommen war, plötzlich hatte der Körper seine Tiefe verloren und war auf eine Fläche gestreckt worden, herausgenommen aus allen Bewegungen und Gebärden, die Leben enthielten.

Muff fror, Rauhreif, eisige Kristalle schimmerten in den Gehirnwindungen, was, wenn die Atemwolke aus dem Mund in der Luft erstarrte, wie Zuckerwatte, aber gefroren und zerbrechlich? Und warum dachte er an tote, kalte Körper auf dem Pflaster oder irgendwo auf den Fliesen eines Hinterhofes, zerbrochene Modepuppen, Glieder abgetrennt? Aber in den Schaufenstern der Kaufhäuser hängten sie den Puppen immer etwas um, während sie dekorierten und die Puppen gegen die Seitenwände der Fenster gelehnt waren, weiße Tücher über den künstlichen Formen, einem Sack ähnlich, mit Löchern für die Arme, am oberen Rand war ein Gummiband eingenäht und zog das Tuch in engen Falten zusammen. Wie erbärmlich war das alles, wie wütend wurde Muff, als er auf einmal dachte, diese Tücher seien gegen ihn gerichtet, sie unterstellten, daß er sich an diesen Plastikfiguren aufgeilte, wären sie nackt, und wieder durchzuckte Muff der Wunsch, mit der Faust gegen so eine Puppe zu schlagen, durch die Hülle zu stoßen und bis zum Ellbogen in der Puppe hängen zu bleiben, falls sie hohl war, überhaupt, natürlich war sie hohl.

Nun schob Muff die Hände in die Taschen, formte den Mund zu einem O und hauchte den Atem aus, die Wolke wehte sofort weg, es zerriß sie beinahe in der kalten Luft, sie quoll nicht so weit auf, um für einen Augenblick wenigstens vor dem Gesicht zu stehen, also war es noch nicht kalt genug, noch nicht Winter, aber Muff reichte es schon jetzt, er sah die anderen Menschen, die unterwegs waren, zog die Nase hoch, als er die dicken Mäntel wahrnahm, die roten, von der Kälte aufgeworfenen Gesichter, so verschwanden sie leise hinter den Ladentüren, tauchten wieder auf hinter den mit Licht erfüllten Schaufenstern. Muff sah auch Licht am Kiosk links drüben, wo die Straße einen leichten Bogen machte und wo sie jetzt Ampeln hingebaut hatten, denn über der Straße, hinter dem Kiosk und dem Hof, stand die Schule, auch Muff war acht Jahre lang hineingegangen, in diesen wuchtigen Bau aus der Vorkriegszeit, der Sandstein war dunkel geworden all die Jahre über, aber im Schulhof standen immer noch dieselben Bäume wie früher, Platanen mit gescheckter Rinde, gelb, grün und braun gefleckt wie die Tarnanzüge von Soldaten. Wenn Muff jetzt nach rechts abbog, die Lenaustraße hindurchging, konnte

er am Platz vorbeischauen, jedoch wäre es ein Umweg gewesen und wozu?, was konnte jetzt am Platz schon los sein?
Auf dem Nachhauseweg um sechs sah es schon anders aus, da traf er sicher jemanden, Riko oder Dieter, wenn sie nach dem Fußballspielen noch herumstanden, über das Gekicke redeten, den Matchsack an den Zaun gehängt. Aber Dieter wollte er nachher gar nicht treffen, jedenfalls nicht allein, seit der Schlägerei vom Dienstag hatte Muff ihn nur einmal mit den anderen gesehen, gestern abend; alle hatten getan, als wäre nichts gewesen, es war aber doch etwas, Dieter und er hatten kein Wort über den Kampf verloren, das dauerte noch eine Weile, und irgendwann danach zog einer als erster. Jedoch konnte Muff später auch dem Jagdflieger begegnen, der hing oft um diese Zeit am Platz herum, saß auf dem Geländer, irgendein Heftchen längs gefaltet in der Arschtasche, SOS Schicksale deutscher Schiffe, damit hatte er Muff eine Weile verrückt gemacht, der Jagdflieger wollte immer alle von seinen Lieblingsserien überzeugen, vielleicht weil sie so ausgefallen waren, er nicht einfach Western oder Krimis las, der Jagdflieger wollte damit nicht allein sein, im Flugzeug hätte er ja auch Kontakt zur Bodenstation gehabt. Muff blieb auf derselben Straße, sie kreuzte weiter oben die Friedrich-Ebert-Straße, dort stand die Tankstelle, an dieser Ausfallstraße in die nördlichen Vororte hinaus, keine schlechte Lage für eine Tankstelle, sagte Muffs Vater immer, obwohl der Gegenverkehr für sie verloren war. Der Mittelstreifen mit den Schienen der Straßenbahn hinderten die Autofahrer daran zu wenden, es mußte einer schon auf dem letzten Tropfen fahren, wenn er vorn an der Ampel kehrtmachte und über die Kreuzung zurückfuhr und sich nach dem Tanken über einige schmale Seitenstraßen wieder auf die breite Straße ins Stadtinnere durcharbeitete.
Kaum merklich war es Tag geworden, über den Himmel zogen weiße Wolkenfelder, die so hell erschienen, weil die Sonne sie von hinten beleuchtete, doch wegen der dunkleren Wolkenflecken dazwischen behielt das Morgenlicht einen unbestimmten grauen Schimmer bei, in dem die Straßenlampen verblaßten, bevor sie ausgingen, die Neonbuchstaben über der Apotheke an der Kreuzung, alles schien nur mehr in sich selbst zu leuchten, innerhalb seiner Begrenzungen, ohne Kraft, einen

Schein nach außen zu werfen, auf die Straße hinaus, auf das feuchte Pflaster, das aussah, als hätte es geregnet, über die Dächer der geparkten Autos. Die vereinzelten Fußgänger, die mit Aktentaschen unter dem Arm den Halstestellen der Busse und Straßenbahnen zueilten, sahen unlustig und niedergedrückt aus, nicht bereit, sich auf das einzulassen, was um sie herum vorging oder einfach dastand, wie von einer einzigen Gebärde hingesetzt, die Häuserfassaden, die Trottoirs, das Regendach und der gelbe Pfahl mit dem Halteschild und dem Papierkorb neben den Straßenbahnschienen.
Muff traf als letzter ein, die beiden anderen standen schon in ihren blauen Arbeitsanzügen im geheizten Verkaufsraum, wo die Dosen Motoröl gestapelt waren, die weißen, matten Flaschen mit dem Frostschutzmittel, die Talismänner hingen neben der Kasse, Comixfiguren aus Hartgummi. Sie gefielen Muff, er trug einen Donald Duck am Schlüsselbund, in ein, zwei Jahren sollte diese Figur vom inneren Rückspiegel seines Autos baumeln, aber noch war Muff bloß der Stift, der Brötchenholer, der, der die Klappe zu halten hatte, falls er nicht gefragt worden war, Muff, immer noch nicht beim Friseur gewesen? Die unvermeidlichen Witze setzten ein, die Neckereien, nicht ganz so gutmütig wie die Püffe gegen den Oberarm, schwerer zu parieren nämlich, wie kann ich das, wenn ich sogar samstags arbeiten muß? sagte Muff. Komm nachher mit nach Hause, mein Alter mäht die Wiese, da geht's in einem hin.
Schert doch eure Schafe, sagte Muff und ging hinüber in die Reparaturwerkstatt an den Spind, um den Blauen hervorzuziehen, diese Bauernsöhne aus dem Norden, Riedbauern mit ihrem gerollten r und den mürrisch nach unten gezogenen Mundwinkeln, sobald sie zu reden anfingen, diese Kaffer sollten doch auf ihren Dörfern bleiben, in Bürstadt, Lorsch und wie sie alle hießen, dort konnten sie nichts kaputtmachen oder auch alles, was auf dasselbe hinauslief, so oder so war es besser, als die Betriebe in der Stadt zu besetzen. Zwar schufteten sie wie die Brunnenputzer, aber sie hatten zwei linke Hände, da mußte man sich ranhalten und obachtgeben, hinter ihnen her in den Motor kriechen, die Schlüssel herausholen, die sie dort vergessen hatten, die Arme bis zu den Ellbogen unter die Haube stemmen, als ginge einem dieser Geruch nach Ge-

triebefett, nach Benzin und Motoröl, nach Kühlwasser und Rost nicht ohnehin auf die Nerven. Muff stakste im Blauen wieder hinüber in den Verkaufsraum, dort war es schön warm, auch heller, beinahe freundlich; solange sich die anderen noch darin herumdrückten, fing auch er nicht mit der Arbeit an. Der rote Porsche wartete schon seit gestern auf ihn, jetzt kam es auf ein paar Minuten nicht mehr an, Herr Hofer hatte den Wagen am späten Nachmittag herangefahren, kurz vor Feierabend, er brauchte ihn morgen gegen Mittag wieder, schau doch mal nach, die Zündung stimmt nicht, und die Bremsen kannst du auch gleich durchchecken, die fühlen sich so schwammig an beim Runtertreten.

Wie ein Trinkgeld hatte Hofer den Autoschlüssel in Muffs Hand fallen lassen, mach ich gleich morgen früh, Muff rieb sich die Hände, formte einen Hohlraum und hauchte hinein, mit dem Karren war er schon einmal Probe gefahren. Wie gesagt, vor Mittag brauche ich ihn nicht, sagte Hofer, und jetzt spürte Muff den Schlüssel in der Tasche seines Blauen, während er sich an das Gestänge lehnte, worin die Einliterdosen Öl standen, was machst du?, sagte Gunter, den Porsche, sagte Muff, zeig ihn mir, wenn du fertig bist, sagte Gunter, das is'n guter Kunde, da muß alles stimmen.

Nun bewegten sich alle drei aus der Wärme des Verkaufsraums, Muff ging hinüber zum Porsche, den brauchte er nicht auf die Hebebühne zu hieven, schönes knalliges Rot, den konnte er so durchgehen, da gab es nichts auszunehmen, womöglich war es eine Kleinigkeit und Muff konnte sich daran verweilen; diese Neureichen wußten nie, womit sie herumfuhren, nur teuer mußte es aussehen, etwas hermachen, ein Porsche, den hatte Hofer niemals ausgefahren. Muff öffnete die Tür und ließ sich auf den Ledersessel sinken, nahm beide Hände an das Lenkrad, das faßte sich gut an, zweifellos, nachher würde er über die Autobahn zischen, nur das Stück bis Friedrichsfeld, mit diesem Schlitten war er so schnell zurück, daß es nicht auffiel. Glatt wie Öl glitt der Schlüssel in das Zündschloß, angenehm war die Empfindung, daß die beiden Dinge ineinanderpaßten, sich aneinanderschmiegten, obwohl sie doch aus einem harten Metall gearbeitet waren. Er drehte den Schlüssel, trat das Gaspedal herunter, der Motor schnarrte,

sprang aber nicht an, was noch nichts heißen mußte, frühmorgens, also noch einmal probiert, und ja, er lief, kein Schaden am Zündschloß, den fahr ich erst einmal hinaus, hinter die Zapfsäulen.
Aber bis dorthin, diese zehn Meter im zweiten Gang, ging der Motor wieder aus, er starb unter Muffs Händen weg, verblubberte, Muff konnte ihn nicht zurückholen, er stieg aus, hob die Motorhaube, beugte sich darüber, rieb sich die Hände, es war gar nicht so kalt, wie er heute morgen befürchtet hatte, das fiel ihm ganz plötzlich auf. Er zog die Kerzenstecker von den Zündkerzen, betrachtete die Elektroden, die braune, schillernd glitschige Farbe, zu viel Öl im Verbrennungsraum, das sah er, die Zündkerzen waren verölt, ein Defekt im Motor, undichte Kolbenringe vielleicht, wenn Muff das bald herausbekam, konnte er die Tour über die Autobahn machen, bevor Hofer den Wagen abholte. Muff sah die Kolbenringe nach, er holte neue aus der Werkstatt, dann war der Bauer verschwunden, auf dem Klosett eingeschlafen oder was, Kälte machte dem sowieso nichts aus, Muff übernahm für eine Weile das Tanken, schob den Zapfhahn in die Tanklöcher, das kalte Metall klirrte, das Rad in der Glaskugel neben der Zapfsäule drehte sich flirrend im bernsteinfarbenen Benzin, Muff sah zum Porsche hin. Die Türen standen offen und die Motorhaube hinten war hochgestellt, der Porsche schien erledigt, eine Kriegsbeute, die, durchsucht und kaum beschädigt, wieder schnell einsatzbereit war, diesmal für uns. Muff nahm die Kunden gar nicht wahr, bediente mit einer geduldigen Verdrossenheit, viele Leute hielten nicht an, erst gegen Mittag, kurz bevor die Geschäfte schlossen, würden es mehr werden, Leute, die auf der Rückfahrt in die Vororte tanken und die Scheiben putzen ließen, für Spazierfahrten am Nachmittag, den Familienausflug oder einfach nur, weil man sonntags saubere Fenster vorweisen wollte.
Der Bauer kam hinter der Tankstelle hervor, etwas breitbeinig, die eine Hand in den Overall geschoben, damit rückte er die Unterwäsche zurecht, ich mach weiter, sagte er, Muff ließ den Füllstutzen stecken und ging wieder zum Porsche, Uschi fiel ihm ein, wie sie auf der Kirmes gesagt hatte, daß ihr sein Lachen gefiel, was Muff als eine verdeckte Liebeserklärung

genommen hatte, das zählte er als den Beginn ihres Verhältnisses, keiner redete ja über solche Dinge genaueres, außer die Leute im Kino. Und Muff hatte damals gedacht, ich bin nicht im Kino, aber fast, ich kneif mir in den Arm, ob es stimmt, jedoch eine knappe Woche danach war Uschi mit Dieter gesehen worden, damit ist es aus zwischen uns, hatte er ihr gesagt, und sie hatte nur mit den Mundwinkeln gezuckt, die Schultern hochgezogen, da war sich Muff einen Moment lang wirklich wie im Kino vorgekommen, so sehr, daß er Uschi beinahe eine gelangt hätte, wie von außen hatte er für Sekunden diese Szene betrachtet, stumm und verbiestert standen sie einander gegenüber. Vielleicht war Uschi nur zu stolz gewesen, wollte eher schweigen als einlenken, Muff faßte nach der Motorhaube, ließ sie wieder zuknallen, vielleicht hätte er hartnäckiger sein sollen, aber was konnte denn noch gesagt werden, wo sie ihm nicht widersprochen hatte, wer kann da noch weiterreden, wenn einem niemand etwas entgegnet oder etwas fragt, irgend etwas, wie man sich jetzt so fühlt oder was man denkt, doch Uschi hatte nichts getan. Und reden wie Dieter, die große Klappe ausführen, lieber tot als still sein, das konnte Muff nicht; war Uschi darauf hereingefallen, geschah es ihr nur recht.

Muff rutschte wieder auf den tiefgelegenen Sitz, schmiegte sich in das Auto hinein, nahm den Gang heraus, löste die Handbremse und ließ den Wagen die Einfahrt der Tankstelle hinabrollen, diese leichte Schräge bis an den Rand der Straße. Er riß die Handbremse hoch, der Wagen stand sofort, zog auch nicht nach einer Seite, die Handbremse war in Ordnung. Im Rückwärtsgang fuhr Muff den Porsche wieder ein Stück das geteerte Gelände der Tankstelle zurück, er ließ den Motor laufen, schob den ersten Gang hinein, fuhr von neuem an, trat abrupt auf die Bremse, er mußte zwei, drei Mal nachtreten, mußte pumpen, bis der Wagen stand. Den Fuß ließ Muff auf dem durchgetretenen Pedal, aber er spürte nicht jenen harten Widerstand einer intakten Bremse, das Pedal schien nachzugeben, es mußte Luft in der Bremsanlage sein, die Bremsleitungen waren zu entlüften, Muff setzte den Wagen in die Werkstatt zurück.

Später stand er wieder im Verkaufsraum, die Tüte Kakao in

der Hand sah er zu, wie der Bauer den Kassenzettel tippte und das Frostschutzmittel samt dem Wechselgeld einem Kunden aushändigte, einem Mann in einem hellbraunen Übergangsmantel, der weder neu noch abgetragen wirkte, aber gerade deshalb eine Welle von Ärger auslöste, die Muff durch die Brust rollte und ihm den Atem nahm. Muff registrierte die Heftigkeit, mit der er das empfand, beinahe hätte er den Kakaobeutel diesem Mann von der Seite gegen die Backe geschleudert, weniger um ihn zu verletzen, als vielmehr um den Druck in der Brust loszuwerden, der Gedanke an den platzenden Kakaobeutel und den knappen halben Liter Kakao, wie er über den Mann hinwegschwappte, erregte Muff und beruhigte ihn zugleich. Ah, die langen schmalen Streifen, die der Kakao zurückließ, wenn er über den imprägnierten, wasserabstoßenden Mantel nach unten kullerte!

Jedoch behielt Muff den Kakao in der Hand, er war leicht angewärmt, Muff hatte ihn eine Weile auf die Heizung gestellt, durch den weißen Plastikhalm zog er den Kakao hoch. Daß er weder warm noch kalt war, sondern irgendwo dazwischen, was ihm einen labrigen Geschmack gab, ärgerte Muff, dieser Kakao war nicht besser als der Mantel des Mannes, der inzwischen das Geld in ein Portemonnaie gesteckt hatte und hinaus zum Auto gegangen war. Muff beobachtete ihn, wie er die Wagentür öffnete, den Mantel über den Knien ineinanderschlug, um nirgendwo hängenzubleiben, wie er die Tür zuzog und etwas zu seiner Frau auf dem Nebensitz sagte, ohne sie anzuschauen; sie war die ganze Zeit im Wagen sitzengeblieben, und auch sie starrte geradeaus, während er sprach. Muff stellte den Kakao wieder auf die Heizung und ging hinüber zur Werkstatt, gleich fuhr er den Porsche aus, und zwar nicht ein paar Mal um den Häuserblock herum, er fuhr ihn über die Autobahn.

Bist du fertig?, rief Gunter, ja, sagte Muff, ich fahre jetzt Probe. Das mach ich besser selber, sagte Gunter und trat hinter der Hebebühne vor, die obersten Knöpfe seines Blauen geöffnet, was immer ein bißchen verwegen aussah, und das gefiel Muff, bei Gunter wußte er, woran er war. Dem glaubte er auch seine Geschichten über Frauen, über die trockenen und feuchten Mösen, und was diese Unterschiede praktisch bedeuteten, davon redete Gunter in der Mittagspause, nicht großspurig, wichtigtuerisch, sondern unaufdringlich, wie nebenbei, er stellte es Muff frei, mit diesem Wissen etwas anzufangen. Genaugenommen war Gunter Muffs Vorgesetzter, doch das störte nicht, er hatte es nicht nötig, Muff dies ständig spüren zu lassen, der Bauer war da schon anders, plumper und mit Witzen von vorgestern, vom Hinterland eben, der Bauer war wie Muffs Alter, er merkte auch nicht, daß er nicht jeden Tag das gleiche erzählen konnte, sollten die anderen ihm weiter zuhören.

Nein, sagte Muff da, ich hab ihn doch selber repariert. Ist ein guter Kunde, sagte Gunter, nur ums Karree, sagte Muff, die Zündung kontrollieren.

Muff schob den Schaltknüppel in den dritten Gang, sechzig, mit siebzig war er über den Scheitelpunkt der Ebert-Brücke hinweg, er spürte nichts, die grün gestrichenen Masten der Brückenlampen huschten an ihm vorüber, flirrendes, grün gestrichenes Geländer, dazwischen blieben ein paar Fußgänger zurück, irgendeine Kraft hatte sie lautlos aus dem Bild getragen, der hohe, klotzige Bau der Ortskrankenkasse schwamm ihm entgegen, dunkle, blätterlose Hecken um den Rasen davor, eine Abzweigung rechts zum Ring hin oder in die Innenstadt wie eine flache, asphaltierte Schneise zwischen die Häuserblocks gehauen, die Ampel hüpfte auf rot, Muff trat das Pedal herunter, ein wenig ruckartig kam der Wagen zu stehen, hatte er etwas falsch eingestellt? Im Rückspiegel sah Muff die anderen Autos heranrollen, er hatte sie an der vorigen Ampel vom Start weg hinter sich gelassen.

Unter den Bäumen der Augusta-Anlage hindurch, den Schaltknüppel im vierten Gang, verästelte, schwarze Muster gegen den bleichen Himmel, wie vom Winter vor sich hergeschoben, im kalten Licht, die Bürogebäude mit ihren glatten, gleichmäßigen Fassaden sackten weg, ein Kinderwagen, hochhackig, an den Rand des Bürgersteigs geschoben, den hätte Muff durch die Luft gewirbelt, er ging vom Gas zurück, ganz leicht, vorbei, wie schwebend, und wieder hinauf, neunzig, alles war ganz leicht, ein schneller Film, und er war mittendrin, war in der Hauptrolle und beschleunigte weiter, jemand hupte, irgendeiner, den Muff überholt hatte, um den fahr ich einmal herum, um den ziehe ich eine Schleife, gute Nacht! schrie Muff und brauste über die Kreuzung hinweg, einmal Vorfahrt immer Vorfahrt, und was alles kann ich zurücklassen, je schneller ich bin, desto jünger werde ich, eine Anekdote aus der Physikstunde, achte Klasse, Lehrersprüche, aus dem sicheren Sessel heraus, Weisheiten mit Pensionsanspruch, ohne Tempo wie hier, und vorne war rot, rot-gelb, grün, die Autos setzten sich in Bewegung, sie krochen los, die rechts eingeordnet waren, bogen ab.

Und jetzt schoß Muff an ihnen vorbei, über die Kreuzung hinweg, unter den offenen Himmel, novembergrau, hinein in den weiten Bogen, der zur Autobahn führte, vorbei am Gestrüpp links, vorbei an der Wiese rechts, die kalt und klamm dalag, und hier standen im Sommer die Tramper nach Frankfurt, Hamburg, nach Basel, Frankreich, Italien, vorbei an der Verkaufsstätte für gebrauchte Wagen, dem flach hingeduckten Bau mit der Glasfront, auf der linken Spur bleiben, im vierten Gang bleiben, im Tempo, um immer weiter wegzukommen, Hofer hatte den nie ausgefahren, aber ich, die Brücke, ein länglicher Schatten, der quer über Muff hinwegflog, schnell wie ein Vogel, der Asphalt uneben am Eingang der Autobahn, Muff kannte die Risse nicht genau, wußte aber, daß es sie gab, und da summte der Wagen drüber weg, wurde gezogen wie dieser ganze Tag, wie die Umgebung darum herum, kahle, feuchte Felder, braune Bodenwellen, Erde stürzte durch die Luft, Telegrafenmasten in der Ferne, das gerade, blau gefahrene Band der Autobahn, und die tief hängenden, finsteren Wolken jagten über die Ebene, das braune Meer, auf den Odenwald zu, so nahe an den Wellen, daß die Landschaft umzuschlagen drohte, die fernen Hügel mit ihren Baumschatten schnellten in den Himmel, und darunter leuchtete plötzlich ein hellgrüner Streifen, die Spitzen der Halme hellgelb, fast weiß nach diesem Sommer, das Auto flog mitten hinein, dieser Sog, der es nach vorn zog, vorwärts, voran, die Nadel auf einhundertvierzig, Uschi hätte jetzt Angst, säße sie daneben in ihren engen, weinroten Jeans, sie hatten ihm so an ihr gefallen, und Gas, aufs Gas, einhundertfünfzig, über die leere Autobahn hin, keine Laster, Samstagvormittag, und rechts vorbei, ein Schlenker, kein Wort, kein Gedanke, nur die Erde kippte unter ihm weg, die Räder drehten ins Nichts, es sah aus, als hätte eine riesige unsichtbare Hand das Auto von der Straße gewischt, dort drüben hin, sagte der Mann eine Weile später, er zitterte so sehr, er fror und ließ sich von dem Polizisten die Zigarette anstecken.

Wieder in der Stechuhr

Am Samstagabend kam Karin an ihren Tisch, zusammen mit einer Freundin, die ebenfalls Karin hieß, das lockerte auf. Keine der beiden Mädchen wollte mit dem Nachnamen angeredet werden, Karin eins und Karin zwei, das war auch lächerlich, albern wie der Witz des Klassenlehrers früher, Karin hatte eine gebogene Nase, was Riko an eine indianische Squaw denken ließ, aber Karin wußte nichts von Squaws, von Indianern überhaupt, wie Riko feststellte, sie ging selten ins Kino, wenn doch, nicht in Western, sie sah Heinz Rühmann, den Hauptmann von Köpenick, das war schon etwas Besonderes, ein Film für gehobene Ansprüche, anspruchsvoll eben, seriös, sagte Karin, kein Western, wo sie immer nur schießen, peng, peng, Riko duckte sich, daneben, sagte er, sonst hätte ich die Kugel mit den Zähnen gefangen.

Von bestimmten Dingen wußten Frauen nichts, das hatte Riko herausgefunden. Sie wußten nichts vom Kino, konnten sich keine Filme merken, weder die Titel noch die Inhalte oder besondere Situationen, Bruchstücke von Dialogen. Wenn Riko und die anderen über Filme redeten, schwiegen sie, obwohl sie manchen der Filme auch gesehen hatten, ihnen fielen keine Szenen aus weiteren Filmen ein, sie erinnerten sich nicht an die Bahnstation in Zwölf Uhr mittags, wo die Gangster auf ihren Boß warteten, an die Geleise, die als eine einsame Drohung flach und geduckt aus der Ebene herausliefen bis vor den Bahnsteig aus zusammengenagelten Brettern. Die Frauen behielten auch nur wenige Namen von Schauspielern, James Dean kannten sie gerade noch, weil er tot war, Karin nannte noch Marylin Monroe, wußte jedoch nicht, was sie von ihr halten sollte, Karin lehnte sie eher ab, obwohl sie kaum einen Film von ihr gesehen hatte, du bist bloß neidisch, sagte Riko, möchtest du James Dean sein, sagte Karin, dann wär's mit dir schon vorbei. Sie spielen La Bamba, sagte Riko, das war eine B-Seite von Richie Valens, der ist auch schon tot.

Tot?, fragte Karin, ja, sagte Riko, abgestürzt mit dem Privatflugzeug, Buddy Holly war dabei und ist jetzt auch weg vom

Fenster. Du willst mir nur wehtun mit dem, was du weißt, sagte Karin, und dabei ist es so unwichtig.

Die A-Seite ist Donnah, Donnah, ein langsames Stück, sagte Riko, kennst du es? Ja, sagte Karin, das gefällt mir.

Nachdem Richie Valens verunglückt war, ist seine Witwe über ein Jahr lang in Schwarz herumgegangen, sie wollte ihn im Gespräch halten und absahnen, sagte Riko.

Das könnte mir nicht passieren, sagte Karin, weil du nicht so einen Mann kriegst, sagte Riko, als ob du jemals so ein Mann werden wirst, sagte Karin.

Riko schwieg, griff nach dem Bier, nippte daran, was für einen Sinn hatte es zu wissen, welcher Song im Augenblick die Nummer eins in den Top Ten war und wann er die Leiter wieder abwärts stieg und wie lange der nächste Hit gebraucht hatte, bis er ganz oben stand, war das nicht nur eine Mauer um ihn herum? Die Frauen brauchten auch nicht zwei, drei Bier, bevor sie zur Tanzfläche gingen, in die Mitte des Raums, und anfingen. Riko brauchte sie, aber jetzt, verdammt nochmal, jetzt hatte er sie, tanzen wir? sagte er zu Karin, und sie sah ihn an, als hätte sie ihm schon nicht mehr zugetraut, daß er danach fragen würde.

Als sie standen, begann das Piano-Riff von Fats Dominos Blueberry Hill, ein trockener Auftakt, dann glitten die Anschläge wie kleine, sprudelnde Wellen übereinander, Karin und Riko rutschten sofort ineinander. Er spürte die weichen Brüste unter dem langen, grobmaschigen Pullover, er kannte nichts, was ähnlich weich war, es gab nichts Ähnliches an seinem Körper, jetzt versagten die Vergleiche, die Brüste waren weich wie Brüste waren, hinter den Schalen des Büstenhalters. Riko drückte sich dagegen, und Karin wich nicht zurück, das war ein Zeichen. Die beiden weichen Hügel, gegen seine Brust gedrängt, nahmen ihm die Luft, sie engten den Atem auf eine Weise ein, die ihn desto heftiger und schneller nach oben preßte. Jetzt kam er stoßweise, viel zu schnell war er aus der Lunge heraus, verbraucht und weg, I found my thrill, mehr Luft, ich atme, on blueberry hill, Riko wollte nicht dabei ertappt werden, daß er so unkontrolliert auf etwas reagierte, was doch eine normale Sache war, an Karin konnte er nichts Ungewöhnliches entdecken, sie tanzte, schob ihren Blues, und das war alles.

Riko dagegen fürchtete, ganz außer Atem zu kommen, Karins rechte Hand lag, halb geschlossen wie eine Babyfaust, auf seiner Schulter, er preßte Karin fest und ruckartig an sich, ein Überfall, es mußte ihr die Luft wegnehmen, sie prustete, nicht so fest, sagte sie, was ist denn los? Nichts sagte Riko, muß denn immer etwas los sein?
Jetzt glitten sie tiefer ineinander, die Stimmung, weggeblasen wie Luft aus einem Ballon, war wieder herzustellen, das ging schnell, Karin machte ja mit, Riko legte die Hände auf Karins Hintern, der Stoff des Cordrocks war glatt, mit feinen Rillen, er kitzelte auf den Fingerkuppen. Riko drückte die Hände fester dagegen, Karin schob den Unterkörper ein wenig vor, Riko glaubte, den Schamhügel zu spüren, in seinem Schwanz begann es zu glimmen, strahlte aus, er wurde größer, Riko nahm die Hände höher, streifte die Wölbungen des Rückens, wo er aus dem Becken emporwuchs. Karin trug ein Unterkleid, das sich noch glatter als der Rock anfühlte, Herbst, jetzt konnte man nicht mehr so schnell die Haut berühren, darüber streichen, jetzt hatten die Frauen wieder jene Kleider an, die für Riko etwas Geheimnisvolles bedeuteten, ein Strumpfgürtel, der Halter mit dem Gummiband, der Spange und dem Knopf, der sich manchmal durch einen engen Rock drückte und abbildete. Strümpfe, ja, die sah Riko täglich, das feine Gespinst um die Beine, das bräunlich glänzte und die wenigen Haare auf die Haut drückte. Aber die anderen Dinge waren etwas, von dem er bisher systematisch ausgeschlossen worden war, wie trugen sie die Frauen, wie fühlten sie sich darin, fühlten sie darin etwas? Es gab nichts Gleichwertiges für Männer. Da saßen, standen, redeten oder tanzten Menschen in diesem verrauchten Raum, und sie trugen bestimmte Kleidungsstücke, die Riko niemals anzog, sie hatten so wenig mit ihm zu tun, daß er sie nicht einmal im Spaß überstreifte, nicht einmal an Fastnacht, von wem auch sollte er sie bekommen?
Die Musik war jetzt ein Stück weiter. In der winzigen Pause, während die Nadel durch die leere Rille rauschte, waren Riko und Karin auseinander getreten, aber sie hatten sich nicht losgelassen. Riko behielt die Hand auf Karins Hüfte, sehr nebenbei, fast als hätte er vergessen, sie wegzunehmen. Das war hier unten der Stil, Riko hatte bei den anderen beobachtet,

wie lässig das aussah, cool, und doch blieb es auch eine halbherzige Angelegenheit, diese beinahe absichtslosen Gesten schützten vor Niederlagen, und die Sieger erschienen, als wären sie das Siegen gewohnt, sie brauchten es nicht einmal selber zu glauben.

Es gab aber auch die Verlierer hier unten, Riko sah sie aus den Augenwinkeln, die ewigen Eckensteher, gelangweilt oder mürrisch; gegen Mitternacht glühten ihre Gesichter, und sie wollten noch hinein ins Karussell, aufspringen auf die Raupenbahn, ins verdeckte Getuschel, aber dann suchten schon die meisten Frauen nach ihren Mänteln, oder sie warteten im Vorraum darauf, daß ihnen jemand ihren Mantel aus der Nische hervorzerrte, wo die Garderobe im Dunkeln hing, die Birne war ständig kaputt, und auch die Garderobe wurde beinahe jeden Abend, an dem es voll war, von jemandem heruntergerissen, irgendeinen Trottel gab es schließlich überall.

Und dann gab es einige, die über das Stadium des Verlierers hinaus waren und sich für lange eingerichtet hatten in dem Gehäuse, das sie selber bildeten; Riko erkannte sie daran, daß sie von Freddis Tresen, an dem vorbei sie tiefer in die Stechuhr treten mußten, gar nicht erst loskamen. Sie klemmten sich auf die niedrigen Hocker und ließen sich von Freddi eine Flasche Bier nach der anderen durchreichen. Sie zahlten gleich, schnippten die Münzen über den Tresen, das nächste Mal kommst du herum und bückst dich selbst, sagte Freddi laut, und Riko mußte lachen, dieses Mal war Dieter gemeint.

Lachst du über mich? fragte Karin, nein, ich dachte eben, Dieter sitzt bei den ewigen Verlierern am Tresen.

Du Spinner, sagte Karin, warum geht die Musik nicht weiter?

Weiß ich's? sagte Riko.

Dieter war wieder vom Tresen weg, irgendwo eingetaucht in eine Lücke zwischen den Körpern, den dunklen Rücken und Hinterköpfen, wo dazwischen ein fahles Gesicht auftauchte, beinahe farblos unter dieser Beleuchtung, die noch nicht einmal stark genug war, um es richtig weiß erscheinen zu lassen, verhuschte Flecken im Hintergrund, Licht aus einer Stallaterne, Riko hörte vom Tresen her ein Gelächter, es kam brüllend wie ein Angriff. Irgendjemand lud Freddi zu einer Runde Chikago ein, die Hölzer fielen auf den Tisch, jemand faßte sie zu einem Bündel zusammen, stieß sie auf, die Würfel, sagte einer, sind das letzte, das einen noch retten kann in dieser trüben Atmosphäre. Jeden Samstag das gleiche, sagte ein anderer, wir sind auch immer die gleichen.

Riko hörte die Stimmen sehr deutlich durch das Geraune hindurch, das gedämpfte Gebrodel gab einen Hintergrund ab, vor dem sich die Stimmen vom Tresen her desto klarer formten; die Lautsprecher knisterten, die Nadel war auf eine neue Platte herabgesunken, Riko spürte Karins Haare an der Backe, er roch den Hauch von Taft. Die Haare fühlten sich spröde an, drahtig, sie zerbrachen, wenn er mit der Hand hindurchfuhr, ein gläsernes Gespinst, das raschelte, Don't, sang Elvis, that's what you say, each time while I hold you this way, sagst du auch don't?, fragte Riko und Karin sagte, bitte? Elvis zog die Stimme hoch, die Jordanaires im Hintergrund sangen so gepflegt, als hefteten sie eine schmale Krawatte an jede Note. Das Lied ist alt, sagte Karin, wir haben den langsamen Abschnitt erwischt, sagte Riko.

Jetzt konnte er sie küssen, mußte es beinahe, wollte er ihr Interesse wachhalten, jedoch war Karin nur eine von den Frauen, die seine Sehnsucht nach anderen steigerten, statt sie aufzusaugen; als er die Lippen gegen ihre Lippen drückte, tat er es vor allem, um ihr zu zeigen, daß sie für den Rest des Abends in seiner Nähe bleiben sollte, daß er sie nach Hause begleiten würde; die Küsse waren der Anspruch darauf, mit ihr vor der Haustür zu schmusen, sie abzuknutschen. Vielleicht dachte Karin ähnlich, wo keine Gefühle waren, fehlte ein Maß, das die Zärtlichkeiten bestimmte, so waren die Küsse heftig und dauerten lange, sie schoben einander die Zungen wie feuchte, warme Tiere in den Mund. Es war nicht Leidenschaft, noch nicht einmal eine besondere Erregtheit, es war bloß das, von dem sie annahmen, daß es so gemacht werden mußte, sollte das Ganze eine Fortsetzung über diesen Tanz hinaus haben. Die Küsse, die sie auch während des nächsten Liedes tauschten, waren in ihrer Plumpheit so offensiv und gerade heraus, daß sie eine Steigerung ausschlossen, und trotzdem drückten sie nichts weiter aus, als daß die beiden wußten, wie man küßte, und daß sie zu all den Paaren gehörten, die sich im Rhythmus von You send me aneinanderschmiegten. Mit die-

sen Küssen setzte sich Riko von jenen ab, die immer noch an den Wänden entlang standen, verdrossen, eine Flasche Bier in der Hand oder über einzelne Tänzer witzelnd, Riko setzte sich von jenen am Tresen ab, die mit Freddi würfelten, und er setzte sich von den anderen am Tisch ab, die wie er ohne Frauen gekommen waren, Dieter brachte Uschi nicht mit, nun war Riko gespannt, wer neben die andere Karin rückte.
Sie hatte ein feineres Gesicht als jene, mit der Riko tanzte und knutschte, aber sie wirkte schlapp wie nasses Löschpapier; offenbar redete sie nur, wenn ihre Freundin dabeisaß, sie war ständig bereit, über einen Witz, eine Anspielung zu lachen, jedoch kam dieses Lachen nicht klar und voll, es war mehr ein Kichern, das keinen der anderen mitriß, falls sie sich überhaupt von Frauen mißreißen ließen, das bedeutete doch schließlich nur, geführt zu werden. Bestimmt hätten sie das gar nicht haben wollen, sie lachten nur, wenn sie unter sich waren, mit Frauen machte man etwas anderes, reden, Sprüche klopfen, zweideutige Witze erzählen und darauf warten, ob die Frauen sie verstanden oder gar darüber lachten. Falls ja, versuchte jeder, sich besonders hervorzutun mit den Witzen, die er kannte, doch hinterher, wenn sie wieder unter sich waren, da sagten sie, was 'ne Sau.
Jetzt fiel die erste Flasche um und platzte, Riko sah nicht, wie und weshalb das passierte, er hörte nur in dem dahinströmenden Geraune ein paar harte, helle Töne, die dünn und spitz nachhallten, ohne zu zittern, und gleich darauf kamen die Stimmen, die sich über den gewöhnlichen Redeton hoben, sie wurden nicht nur lauter, sondern auch ernsthafter, als ginge es endlich um ein handfestes Thema, die Bemerkungen über die Flasche und den, der sie zerbrochen hatte, setzten sofort ein. Zusammen mit Karin ging Riko, die Hand auf ihren Hüftknochen gelegt, den er durch den Rock spürte, zu ihren Plätzen zurück, dort schauten die anderen sie an, als wären sie ein Wochenende lang zusammen im Bett gelegen. Doch das einzige, was Riko im Augenblick beschäftigte, war das Problem, wie er Karin nach Hause begleiten und später trotzdem wieder zu den anderen stoßen konnte, die nach zwölf bestimmt ins Edelweiß hinüberzogen, ein Lokal in der Nähe des Hauptbahnhofs, mit Brathähnchen, die sich am Tresen eingeölt im

Bratofen drehten, keinem gefiel das, aber das Edelweiß hatte samstags bis drei Uhr geöffnet, es gab nichts anderes, alle gingen dahin, sogar die Leute aus dem Wiener Espresso, dem Künstlertreff um die Ecke.

Karin suchte nach ihrer Handtasche, und die anderen bogen sich auf den Fässern zur Seite, neigten die Oberkörper nach vorn oder hinten und schauten zu Boden, als halfen sie beim Suchen, doch war es mehr ein Spaß, den sie sich daraus machten. Sie waren weg vom Fenster, Riko hatte den Vogel abgeschossen, er ging später mit Karin nach Hause, aber sie konnten ja noch ins Edelweiß aufbrechen, was wohl nicht so interessant war als mit einer Frau heimwärts zu ziehen, doch was soll's, was machte das schon, es machte schon was, aber am nächsten Samstag liefen die Pferde vielleicht schon wieder anders herum.

Riko entdeckte die Handtasche, Karin ging damit zum Klo, in den Raum nebenan jedenfalls, um sich zu kämmen, die Lidschatten nachzuziehen, Schminke aufzutragen, all diese Dinge, bei denen Riko noch nie einer Frau zugesehen hatte, außer in einem Film kam so eine Szene vor. Jedoch nahm Riko an, daß die Wirklichkeit anders war, und sei es auch nur, weil er in ihr mehr als ein bloßer Betrachter gegen die Zahlung eines Eintrittspreises war, so wie es eben ein Unterschied blieb, ob man auf der Leinwand ein schönes Paar sich küssen sah und »Halbzeit, Halbzeit!« rief oder ob man selbst küßte, verstohlen auf dem Nachhauseweg oder heftig unter der Haustür, was ihm bald bevorstand, hoffte er, als er mit den Frauen, die beide Karin hießen, durch die Innenstadt ging. Das vom Tanzen und der stickigen Kellerluft schweißnaß gewordene Hemd kühlte ab und lag feucht auf der Haut, unter den Achseln sammelte sich der Schweiß, Riko wollte nicht, daß er danach roch, konnte aber nichts dagegen tun. Er wußte auch nicht, was er reden sollte, er kannte die andere Karin kaum und war sowieso überrascht von der Selbstverständlichkeit, womit jene Karin, mit der er getanzt hatte, vor ihrer Freundin seinen Arm auf der Schulter duldete, darauf warf die Freundin hin und wieder einen versteckten Blick.

Dieser Blick fiel Riko auf, er machte ihm bewußt, daß seine Handlung der Verborgenheit des trüben Kellers, der tanzen-

den Paare um ihn herum, entzogen war, daß das, was er im Augenblick tat, sich weiter als in seiner Clique herumsprach, bei anderen Frauen, vielleicht erfuhr auch Uschi davon, wenn er sie auch nur einmal mit Karin zusammen gesehen hatte. Dann hieß es, Riko habe etwas mit Karin, und irgendwann hieß es, die beiden gingen miteinander. Riko nahm die Hand von Karins Schulter, strich über ihren Oberarm, ihren Rücken, zweimal steckte er sogar die Hand in seine Tasche. Alles sollte etwas unverbindlicher wirken, mehr als ein Spiel, als eine Gefälligkeit am Samstagabend, auch wenn die leichte Stimmung eines Sommerabends nicht einzubringen war, die Atemfahnen vor den Mündern ließen sämtliche Bewegungen schwerer erscheinen und weniger zufällig, es war nicht das Klima, bei dem alle locker dahingingen, leicht in hellen Sommerkleidern, und bei dem selbst quietschende Autoreifen etwas Heiteres hatten, weil das Fahren in den Autos niemals wie eine Notwendigkeit wirkte, sondern so, als ginge es um eine Spazierfahrt, ein übermütiges Herumkutschieren um die halbe Stadt.
Doch jetzt war es kalt geworden, und Rikos Hand auf Karins Schulter wurde eisig und klamm, wie wollte er deutlich machen, daß es trotzdem nichts Besonderes zu sagen hatte, wenn er sie nicht ständig in der Tasche behielt? Was Karin darüber dachte, danach fragte er nicht, sie sollte nur alles nicht so ernst nehmen, wünschte er, als die andere Karin in die Seitenstraße abgebogen war, in der sie wohnte; beim Abschied war ihre Hand wie ein Stück angewärmtes Gummi in Rikos Hand gelegen. Sofort war ihm die Szene aus einem Stummfilm eingefallen, in der gezeigt worden war, wie zufällig jemand das Gummi erfunden hatte. Ein Erfinder hatte eine Masse irgendeines Stoffes im Backofen versteckt, als überraschend Besucher bei ihm aufgetaucht waren und er sich vor ihnen wegen der Erfolglosigkeit seiner ganzen Versuche nicht lächerlich machen wollte. Später nahm er die Masse wieder aus dem Ofen, sie war weich und doch fest gewesen, Gummi. Riko erinnerte sich vielleicht der Szene nicht mehr richtig, doch diese Hand von Karin! Er mußte lachen, sagte aber nicht warum, die Erklärung war ihm zu umständlich, er lachte, und Karin, nachdem sie auf ihre Frage keine Antwort erhalten hatte, lachte mit.
So kamen sie vor das Haus, in dem Karin wohnte, und ganz

übergangslos begann Riko sie zu umarmen, sie an sich zu drükken und zu pressen, fast fiel er über sie her, er wollte einen eigenen Willen von ihr gleich ersticken. Wenn jemand kommt, flüsterte Karin und wand sich in seinen Armen und gab nach, schob die Zunge in seinen Mund, gehen wir ins Haus, sagte Riko nach einer Weile und drängte Karin durch die Tür.

Er preßte sie gegen die Wand des Hausflurs, dessen untere Hälfte weiß getäfelt war, die Platten schimmerten hinter Karins Rücken, Riko nahm für Sekunden den steinernen Fußboden wahr, weiß und grau gesprenkelt, dann wühlte er sich in Karins Kleider hinein, schob die Hand unter ihrem Pullover hoch, fühlte wieder das Unterhemd, den festeren Stoff des Büstenhalters; als er den Busen berührte, die Finger unter die Schale des Büstenhalters geschoben hatte, begann sein Herz so schnell und stark zu hämmern, daß er Angst bekam vor diesem unbekannten Rhythmus und sich zur Wehr setzte, steif vor Kraft das Gefühl im Körper zu unterdrücken suchte. Karin schien in seinen Armen zu tanzen, sie wand sich auf und ab, sie fuhr mit der Zunge über Rikos Gesicht, die feuchten Spuren kühlten die Haut, das machte die Luft wieder spürbar, Riko drückte das Gesicht in Karins Haare, versuchte mit der Hand zwischen ihren Rock und ihrer Haut hindurchzukommen, Karin sträubte sich, bäumte sich dagegen auf, schob den Unterkörper nach vorn, Riko drängte dagegen, er war durch, er hatte die Hand auf Karins Bauch, rutschte nach unten, fühlte die dünnen, etwas drahtigen Schamhaare, das weiche Fleisch des Schamhügels, er rieb, suchte, er bekam den Finger zwischen die Schamlippen, fühlte Wärme, Feuchtigkeit, bitte nicht, flüsterte Karin, wenn jemand kommt, es kommt niemand, flüsterte Riko, und begann mit dem Finger zu reiben, Karin krallte sich an seinen Schultern fest, ließ los, drückte ihn weg, nein, nein, sagte sie, Rikos Hand rutschte wieder ein Stück nach oben, eine Wendung mit dem Kopf, auf einmal sah er Karins Gesicht vor sich, die weich verzerrten Lippen, leicht in die Höhe gezogen, gleich begann Karin zu weinen, das Licht ging aus, und als wäre dies das Signal für den Beginn zärtlicherer Handlungen, zog Riko die Hand wieder aus dem Rock, er streichelte Karins Gesicht, und sie strich über sein Gesicht, aber Riko fühlte nichts als die Empfindung, zu weit

gegangen zu sein und doch nicht weit genug, wenn er daran dachte, wonach die anderen ihn morgen fragten.
Und weil sie tatsächlich von einem Hausbewohner überrascht werden konnten, machte Riko sich langsam von Karin frei, hob ihre Arme von seinen Schultern weg, sie lachte wieder, knipste das Licht an, sie hatte eine beklemmende Situation überstanden, Riko lachte, sagte, ich geh jetzt, tschüs, sagte sie, er drehte sich noch einmal in der Tür um, hob den Arm, Karin stand am Treppenabsatz, bis bald, flüsterte sie, Riko ging hinaus.
Auf dem Nachhauseweg roch er am Finger, das Wort Stinkfinger fiel ihm ein, dieses Wort hatte er nie leiden können, doch jetzt hatte er einen Stinkfinger, wußte, wie und was das war, konnte es erzählen und wenn nötig, zum Beispiel Dieter gegenüber, auch ausschmücken. Nun fand er es nicht weiter schlimm, daß er es unmöglich noch ins Edelweiß schaffte, nun wollte er auch gar nicht ein zweites Mal in die Innenstadt zurück und in eine Kneipe hinein, wo im Tabakqualm, im Geraune und Gelächter, in ahnungslosen Anspielungen bald weggewischt gewesen wäre, ausgelöscht, was er eben erlebt hatte.

Zum Kino

Ein trüber Nachmittag, der Himmel drückte auf die Stadt, ein düsterer Wind wühlte in den Wolken, bauschte sie auf, trieb sie voran, und darunter, zwischen den Häusern und unter den Dächern, verharrte ein Sonntag, der wie immer so stillstand, daß die Uhren ohne ihn weitergingen, die tatsächlichen Stunden und die gezählten erst morgen früh, sobald der Wecker zu läuten begann, wieder zur Deckung kamen. Der Verein spielte auswärts, sie standen am Rand des Platzes in ihren schweren Sonntagsmänteln, die ihnen auf den Schultern hingen, auf den Nackenmuskeln; es wäre befreiend gewesen, sie auszuziehen, im Goldenen Krug über die Stuhllehne zu werfen oder auf den Vordersitz im Kino. Aber wenn sie nachher durch die Innenstadt zogen, sahen sie stark aus, im Mantel waren sie sicher, da ließen sie niemand an sich heran, und sie gehörten trotzdem dazu, später, während sie mit den Leuten in die Kinos strömten. Sie hatten es geschafft, ihre eigenen Kinos zu finden, solche, in die sie ständig gingen, jeden Sonntag, dort liefen immer wieder jene Filme, die sie interessierten, auch Kinos hatten ihr Stammpublikum, und sie hatten ihre Stammkinos, wo sie sich leichter zurücklehnten als in den anderen; außer in der Wohnung der Alten wollten sie sich dort, wohin sie öfter kamen, immer wie zuhause fühlen.

Aber ganz einig waren sie sich trotzdem nicht geworden, also gingen sie wieder zur Litfaßsäule zurück, das Programm anschauen, Jochen schlug erneut die West Side Story vor, die anderen zogen wieder nicht mit, ein Musical, so etwas wollten sie nicht sehen, eine halbe Oper, da konnten sie sich gleich in seidene Jacketts hüllen und die Arme in den bereitgehaltenen Pelzmantel schieben, ihr habt ja keine Ahnung, worum es da geht, rief Jochen, Banden in New York, Messerkampf, all das! Ja, aber als Ballett, was wollten denn solche behenden Tänzer ihnen weismachen? Daß man, ohne ein Spagat zu können, in diesem Leben nicht weiterkam? Diese Tänzer mit ihren zierlich übertriebenen Bewegungen hatten ihnen doch nichts zu geben, wer wollte schon seinen Kumpeln ein solches Gehabe antun?

Sie sahen noch einmal das Programm durch, lasen die Titel ab, die Namen der Hauptdarsteller, auch die Anfangszeiten spielten eine Rolle, und bestimmte Kinos mieden sie, jene mit Teppichböden im Vorraum, die etliches von dem aufsaugten, was sie ihre Lebendigkeit spüren ließ. Sie fühlten sich beschränkt, wenn ihnen ihre Geräusche genommen wurden, den Klang der Eisen an den Absätzen, sie wollten so laut wie möglich sein, und hier wurden sie gedämpft, sollten flüstern wie im Foyer des Stadttheaters, durch dessen gläserne Wände sie manchmal schon gesehen hatten, gingen sie am Abend zufällig dort vorüber, oder früher, als sie vom Training zurück auf dem Fahrrad daran vorbeifuhren, den Matchsack auf dem Gepäckträger oder an der Lenkstange baumelnd, mit kaputten Birnen im Rückstrahler, möglichst wach und aufmerksam, falls Ordnungshüter hinter ihnen auftauchten. Festliche Lichter, die sah Riko, Frauen in weißen, schimmernden Kleidern, mit silbernen Handtäschchen, Männer, die wie unschlüssig unter dem Heer der Deckenlampen herumstanden, von dieser Gesellschaft in Abendkleidern waren sie ausgeschlossen, diese Veranstaltungen sahen von vornherein so aus, als könnten sie nur gegen sie stattfinden, als wäre das eine ihrer Bedingungen. Diese Eleganz wirkte nicht nur für sich und nach innen ins Foyer, sondern kehrte sich durch die gläserne Front nach außen, diese Eleganz wollte auffallen, mit nichts verwechselt werden, ganz außerhalb des Alltags stehen.
Und ähnlich gab es Kinos in der Innenstadt, nicht so feierliche, aber mit ständigen Besuchern, die ein Bewußtsein ausstrahlten, daß sie nur zufällig an diesen Ort geraten waren, weil sie das Theaterstück, das gleichzeitig gespielt wurde, schon gesehen hatten, und sie musterten die anderen Besucher mit kurzsichtigen Blicken, und ein Schlag ins Gesicht wäre das einzige gewesen, was sie hätten dagegen setzen können, aber wie das den Bullen klarmachen, hinterher, während das Protokoll aufgenommen wurde, und der Kerl an der Schreibmaschine vorschlug: aus jugendlichem Übermut, was?
Also Lohn der Angst, ich bleibe dabei, sagte Peter, der Jagdflieger, kein Kriegsfilm? fragte Riko, und du? Dieter ging nicht mit ins Kino, das hatte er vorhin schon gesagt, ich bin verabredet. Verabredet, was für ein Wort! Sehr vornehm, er

trifft eine Frau. Zwei Frauen, wenns euch recht ist. Ja, Mutter und Tochter.

Sie lachten, aber nicht zu sehr, sie wußten, daß ihr Witz nicht traf, die Krawatten drückten gegen den Gurgelknopf, ein anderes Thema, verlangte Jochen, habt ihr Muff gesehen im Edelweiß? fragte Riko. Nein, er war nicht dort, allein kam der nicht dahin, so spät in der Nacht, wo hätte er da vorher sein sollen? Bei der Karin warst doch du schon! Also zu Hause geblieben, aber warum? Keiner nahm an, daß Muff noch beleidigt war wegen dieser Schlägerei, schließlich war er am Freitag dabeigewesen, wenn auch ziemlich still. Dieter sagte, es sei ihm egal, daran hatte er die letzten Tage gar nicht mehr gedacht. Klar, sagte Riko, du hast am Elfmeter vom Donnerstag geknabbert. Den hab ich auch schon vergessen, sagte Dieter kurz und abweisend. Was ihn tatsächlich störte und worüber er jetzt nicht reden wollte, weil es doch nichts änderte, war das Problem mit dem Ausbilder, morgen sah er ihn wieder, und vielleicht nahm der wieder ein Werkstück von Dieter in die Schieblehre, hob es ans Licht und sagte wieder: paßt, sitzt, wackelt und hat Luft. Er hatte Dieter schon einmal ins Lager geschickt, wo die Stunden breiter als lang durch den Arbeitstag krochen, vor allem der Nachmittag ging nicht zuende, abgetrennt von der Werkstatt, in der die anderen Lehrlinge hämmerten, schweißten oder frästen, auch zu Riko hinüber in den Verkauf konnte er sich von da aus nicht schleichen; Dieter hatte gedroht, bald wegzubleiben, das wird uns alle erleichtern, hatte der Ausbilder geantwortet, gegen den kam Dieter nicht an, jedoch verlieren wollte er auch nicht. Aber im Lager kleben, Werkzeuge ausgeben, dasitzen und warten, bis jemand kam und ein paar Scheuerlappen beantragte, da konnte er gleich im Museum arbeiten, kleine Kinder scheuchen, bevor sie auf die Bilder tatschten, oder taubstumm auf einem knappen Stuhl in der Ecke sitzen, ohne Zigaretten, und solange auf den großen Coup warten, daß er sicher eingenickt war, den Kopf auf der Brust, wenn im Nebensaal ein Bild leise vom Haken gehoben oder eine Flasche Säure gegen die Leinwand geschleudert wurde.

Dieter kickte eine Zigarettenschachtel zum Rinnstein hin, noch eine gute Stunde bis zum Filmbeginn, er machte ein paar schnelle Schritte zur Schachtel und stieß sie mit dem Absatz auf die Straße. Riko betrachtete die Schlägermütze, Dieter war der einzige, der den Mut besaß, so etwas aufzusetzen, sie waren doch keine Proleten, keine hungernden Jungen vor den Fabriktoren oder in den Gettos des Zweiten Weltkriegs, Riko sah auf das graukarierte Muster, hatte der jüdische Junge auf dem Foto, fast ein Kind noch, mit erhobenen Armen, Gewehre im Rücken, nicht auch so eine Mütze gehabt, flach über diesem von Angst bedrängten Gesicht? Immerhin war diese Mütze besser als jede andere, als eine wollene mit einer Bommel oben wie bei Skifahrern oder als diese schwarze Franzosenmütze, wie sie die Künstler trugen, auf den Karikaturen in der Zeitung jedenfalls. Mode war sie trotzdem nicht, diese graugewürfelte Patschkappe, und wer immer sie in die Stirn drückte, blieb vereinzelt an den Sonntagnachmittagen in der Innenstadt, da hatte kaum einer so ein Ding auf, schon gar nicht die Proleten, eher jemand mit einer Brille, ein Bürohengst, Bleistiftstemmer, lief einmal damit herum, einer von denen, die sie verachteten und die sie sofort erkannten, was auch immer sie trugen.

Kalte Ohren? sagte Riko, ich nicht, sagte Dieter, gehen wir doch in den Krug für eine Stunde, sagte Jochen, davorn kommt Dotz, sagte Peter, der Jagdflieger.

Irgendetwas an der Art, mit der Dotz gegenüber dem Schreibwarenladen, von dem sie immer annahmen, daß er bald pleite machte, um die Ecke gebogen war und nun über die Straße auf sie zukam, war anders als je zuvor. Dotz rannte nicht, hüpfte um kein parkendes Auto herum, er bewegte sich auch nicht besonders nachlässig wie sonst, wenn er glaubte, eine besondere Neuigkeit für die anderen wie eine Zeitbombe in der Tasche zu tragen. Er ging beinahe schwebend, wie in leichten Turnschuhen, sein Gesicht sah dabei verheert aus; sie bemerkten, ohne daß sie es sich erklären konnten, die Anstrengung, die er aufbot, um sein Gesicht ungefähr in der gewohnten Form zu halten, damit es ähnlich aussah wie immer, also starrten sie Dotz an und sagten nichts, nur Jochen sagte zögernd Hallo, er wollte den Gruß wenigstens versucht haben.

Dotz stieß ein paar Sätze hervor, sie verstanden Unfall und Intensivstation, dann sagte Dotz, wahrscheinlich wird er für immer gelähmt sein, falls er überhaupt durchkommt. Jetzt schwemmte eine Unruhe über sie weg, aufgestört nahmen sie Gebärden ein, die sie selber davon überzeugen sollten, wie wenig sie glauben konnten, was Dotz sagte; sie hatten keine Wörter, die ihnen nicht lächerlich erschienen wären wie die Floskeln der Alten, wenn Besucher aus der Verwandtschaft eintrafen und jemand, ein Onkel oder eine Tante, sagte, stellt euch vor, der oder die ist gestorben, und dann ging es los, die Alten formten ungläubige Mienen, sie mußten sich überrascht geben, obwohl sie es wirklich waren, schließlich nickten sie vor sich hin, murmelten jaja, und die Wörter blubberten hoch wie Blasen und rutschten über die Lippen, früh abgebrochene Versuche, ihrer Betroffenheit einen direkten Ausdruck zu verleihen.

Aber sie hatten keinen Grund zu bezweifeln, was Dotz sagte, er kannte Muff am besten, wohnte ihm am nächsten, war ab und zu bei ihm daheim gewesen, hatte ihn schon öfter abgeholt, wenn sie zu einer größeren Unternehmung starteten. Niemand von ihnen war sensationsgierig genug, daß er soweit ging, den Unfall eines Freundes wie Muff vorzutäuschen, um sich am Entsetzen der anderen zu weiden; jemanden hereinzulegen, mit einer erfundenen Neuigkeit zu filmen, das taten sie nur, wenn sie einander in Erstaunen versetzen, vielleicht erschrecken wollten. Wo sich jedoch ein Entsetzen einstellen mußte wie hier, da konnte Dotz nicht in die Trickkiste gegriffen haben, dafür lagerten keine Tricks darin, dafür gab es gar keine Kiste, da konnte Dotz bloß noch einer Falschmeldung, vielleicht einer Übertreibung aufgesessen sein. Ich hab's von seiner Mutter, sagte er aber, sie war vorhin bei uns, hat geheult.

Deshalb ist er gestern nicht in die Stechuhr gekommen, sagte Peter, der Jagdflieger, und Dieter sagte, du bist schlau. Riko trat mit der Fußspitze gegen den Sockel der Litfaßsäule, Dreck war daran hochgespritzt, getrocknet und hatte graue Spritzer gebildet, Riko beobachtete die kleinen hellen Flecken, die seine Schuhspitze auf dem Stein hinterließ, er begann, die Flekken systematisch zu verteilen. Jetzt spürte er, daß er kalte Füße hatte, trotz des Bebens, das die Stöße gegen den Sockel durch die Zehen und den Fußballen schickten. Letztes Jahr hatte Muff noch mit ihnen im Verein gespielt, bevor er

wegen seines Jobs bei der Tankstelle nur noch gelegentlich kommen konnte, den Stammplatz in der Mannschaft verloren und es schließlich ganz aufgegeben hatte. Ein bestimmtes Spiel fiel Riko ein, bei dem er und Muff aus Kampfeslust und Übermut immer wieder angreifende Stürmer gefault und umgestoßen und darüber so gelacht hatten, daß sie die gesamte gegnerische Mannschaft gegen sich aufwiegelten, aber sie lachten weiter und lachten auch noch, als nun sie aus Vergeltung von den Gegnern gelegt wurden, getreten oder am Trikot festgehalten. Das hatte schließlich allen die Wut genommen, das Spiel mündete in Gelächter, in spaßhafte Aktionen, Dribblings, die von vornherein vergeblich erscheinen mußten, in vorgetäuschte Fouls, spektakuläre Stürze, überdrehte Fluchten nach vorn; es war eins von jenen Spielen gewesen, nach denen der Betreuer gedroht hatte, die halbe Mannschaft dem Trainer zu melden, da hatten sie wieder einmal die falsche Einstellung zum Sport gezeigt, solche Leute wollte man nicht im Verein behalten, sie sollten dort keine Zukunft haben. Riko sah Muff lachen, sah das Gesicht vor sich, die dunklen Augen, die so tief in den Höhlen saßen, daß sie etwas klein wirkten oder verengt, die Backen, die von der Anstrengung rot angelaufen waren, den verschmitzten Mund; mit seinen schwarzen Haaren sah Muff verwegen wie ein Zigeuner aus und benahm sich manchmal auch so, wie ein wirklicher Zigeuner, vom Schweiß naß klebten die Haare in die Stirn.
Und jetzt, Sonntagnachmittag, die Wolken quirlten am Himmel, als drängten sie nach einem Ausgang, in den hinaus sie verströmen konnten, die Häuser standen lautloser als sonst, wie stumm und abweisend waren die Fenster geschlossen!, unerschütterlich steckten die Scheiben zwischen den weiß gestrichenen Rahmen, war das die einzige Antwort, die die Umgebung hier bereit hielt? Klirrende Kaffeetische, hinter Vorhängen verborgen, Familientreffen, Geplauder und Gekicher, das keinen Laut nach außen dringen ließ, wollten denn alle in Ruhe gelassen werden und sollte es immer so weitergehen mit diesen höhlenhaften Sonntagen, in die ganze Kriegsgenerationen hineinkrochen, als wäre nie etwas geschehen, als konnte man, wenigstens in Gedanken, einen Sonntag an den nächsten reihen, stumm, auf einem Band, das alle ereignislosen

Tage sammelte, um ein Leben ohne Gefahren herzustellen, Block an Block, fugenlos aneinandergeschmiegt, ohne Lücken, ohne Spalten zum Entkommen?

Aber es war doch etwas geschehen! Muff war nicht da, lag nicht zu Hause in der Küche auf der Couch herum, lachte nicht mehr voller Angriffslust, sondern rang in einem stillen Kampf ums Überleben, röchelnd vielleicht, mit Speichelresten in der Luftröhre, geronnenem Blut womöglich, kämpfte mit einem Gegner, der längst in seinen Körper eingedrungen war und nicht mit Finten, nicht mit allem Einsatz, nicht mit Wendigkeit und Muskelkraft zu besiegen war. Diesen Gegner, einen solchen Feind konnte Riko sich nicht vorstellen, mit dem Wort Lebenswillen wußte er nichts anzufangen, so wenig wie er früher irgendeine Bedeutung festhalten konnte, wenn es in den Western hieß, die Indianer kennten keine Angst vor dem Tod, da war Riko eine Stunde später vor dem Spiegel im Vorraum des Kinos gestanden, hatte sich gekämmt, neben ein paar anderen, die sich die Haare in die Stirn klatschten, und hatte gedacht, ich habe keine Angst vor dem Tod, was war das überhaupt, Todesangst, Tod, was war das?

Dieter wollte Einzelheiten wissen, sie alle wollten wissen, wann es geschehen war, und warum Dotz es erst jetzt erfahren hatte. Weil die Alten anderes zu tun gehabt hatten als ihm bescheid zu geben, und am Abend war er ja in der Stechuhr gewesen, sie hatten gesoffen, jawohl gesoffen, erst in der Stechuhr und dann im Edelweiß, während Muff im Todeskampf lag! Wir hatten nicht gesoffen! und außerdem, Muff kommt doch vielleicht durch. Ja, schrie Dotz, aber gelähmt! Querschnittsgelähmt! Weißt du, was das heißt, für den Rest des Lebens bewegungslos im Bett zu liegen und ab und zu umgedreht zu werden wie ein Hähnchen am Spieß? Der Körper soll nicht verfaulen, und dort, wo Druck entsteht, an den Auflageflächen, dort beginnt er doch zu faulen, das ist schlimmer als sterben, als gleich tot zu sein.

Moser fiel ihnen ein, der mit den roten Haaren aus dem Musbrotviertel weiter im Westen, hinter den Motorenwerken, von ihm kannten sie nur den Nachnamen, die roten Haare, er hatte direkt Glück gehabt bei seinem Kopfsprung in den Baggersee drüben in Rheingönnheim. Er hatte sich das Genick gebrochen

und war sofort tot gewesen, tot lag er im Wasser an einer zu flachen Stelle, hatte das vorher nicht gewußt und nicht geprüft, wer tat auch so etwas, erst einmal die Zehen ins Wasser halten, nach Grund spüren, wenn das Gewässer überall tief aussah. Nur eine Mutter hatte er noch gehabt, wie Riko, wie Peter, der Jagdflieger, und die stand plötzlich allein herum, nicht wie Muffs Mutter, die konnte sich noch an ihren Mann halten.
Aber vergleicht doch Moser nicht mit Muff, Muff ist nicht tot, und was kümmert es mich, ob Moser eher ein Muttersöhnchen gewesen war und warum er so selten hier am Platz aufgetaucht ist, er hat eben weiter weg gewohnt. Jetzt bist du Muffs Freund, doch letzten Dienstag hast du auch nichts gesagt, als er wegging, nach der Schlägerei mit Dieter. Es war keine Schlägerei, sagte Dieter, ein Kampf, und Muff war ein starker Gegner, und wer hat am Freitag mit ihm geredet? Natürlich habe ich mit ihm geredet, alle haben wir mit ihm geredet!
Und jener Abend am Platz, als sie nur zu zweit herumgestanden waren und plötzlich diese beiden Gestalten vom Herzogenried aus dem Dunkel hinter den Bäumen aufgetaucht waren, von dort, wo der Sandkasten lag und die meisten Bäume standen. Der größere von ihnen, einer mit blondgefärbten Haaren, rechts und links zu einer Welle hochgekämmt, so daß sie in der Mitte in die Stirn hineinfielen, hatte ein Messer gehabt, das Unterhemd schaute unter der aufgeknöpften Cowboyjacke heraus, es war kein Pfadfinderdolch und kein Stilett gewesen, nur ein Taschenmesser, aber immerhin, damit hatte er Riko und Dotz demütigen können, sie mußten klein beigeben, jede Frechheit, jede beleidigende Äußerung der beiden überhören, um Frieden bitten, auf harmlos machen, sie fühlten sich schnell wie die letzten Feiglinge, keine Angst vor dem Tod? oh, Angst vor Schmerzen schon! Nur vorsichtig abwehren, wenn einer nach ihnen stieß, diese kleine Ratte ohne Messer im Schutz seines Freundes! Als der Blonde Riko mit dem Messer vor sich her trieb, ging Riko rückwärts um eine Bank herum und hätte sie am liebsten dazwischengeschoben, er ließ die glatte, kühle Lehne durch seine Hand gleiten, ein schäbiger Halt, mit der anderen Hand machte Riko beschwichtigende Gesten, er wagte nicht einmal abzuhauen aus Furcht,

der Blonde könnte mit dem Messer nach ihm zielen und treffen, außerdem wäre Dotz dann allein gewesen, ausgeliefert, im Stich gelassen; der Blonde stieß Riko mit der einen Faust gegen die Brust, die andere umschloß das aufgeklappte Messer, Riko sah die schmale, kurze Klinge, er wich zurück, was haben wir denn getan? rief er, entdeckte Muff, dessen Umrisse, bist du es, Muff? hier gibt's Krach!

Vielleicht war es Muffs Flanke über das Holzgeländer, diese eine wortlose Sekunde, die er damit gewann und schneller zwischen Riko und dem Blonden stand, als jener sich auf die neue Lage einstellen konnte, diese Sekunde genügte, um dem Blonden das Vertrauen in sein Messer augenblicklich wegsacken zu lassen. Jetzt wich er zurück, entschuldigte sich, so hatte er das alles nicht gemeint, war nur Spaß gewesen, sagte er, während Muff ihn weiterstieß und Riko sich neben Muff aufgepflanzt hatte, Dotz hielt den anderen in Schach, diesen kleinen Burschen, windig wie ein Schakal, sagten sie später, jetzt da sein Führer selber herumgestoßen wurde, wollte er am liebsten nicht mehr zu ihm gehören. Der Blonde sagte wieder, versteht doch, ein Spaß, mehr nicht, er fragte, ob Riko ein Unterhemd anhatte, ja? dann hätte das Messer sowieso nichts ausrichten können, so kurz war die Klinge.

Darüber lachten sie später noch, die Frage nach dem Unterhemd ging in ihren Vorrat abrufbarer Wendungen ein, die als ein Zeichen für eine ganze Geschichte standen, für eins jener Erlebnisse, die ihre Erinnerungen ausmachten und die zusammengenommen einen Teil ihrer persönlichen Geschichte ergaben, jenen Teil, der sich auf der Straße abgespielt hatte, hinter sich gebracht wie an einer rohen Mauer entlanggegangen. Was waren sie dadurch geworden, was konnten sie fühlen an einem Sonntagnachmittag am Platz, wo niemand sie ansah, während sie beieinander standen und von Toten redeten, sie waren zu jung, nicht einmal eine Hure ging auf sie zu, mit ihren verschlossenen Gesichtern, die Lider verquollen, und doch hatten sie schon Leute gekannt, die jetzt bereits tot waren, ferne Bekannte, keine alten Verwandte, und einen Freund.

Aber Muff war am Leben! Ja, noch, dachten sie.

Was konnten sie tun? Nichts. Was hätten sie getan, wäre irgend etwas möglich gewesen? Im Augenblick alles, jedoch gab es gerade im Augenblick nichts. So war das; sie besuchten sich selten gegenseitig, trafen sich immer hier, also gingen sie jetzt auch nicht zu Muffs Eltern, um nach weiteren Neuigkeiten zu fragen, sie zu trösten oder sich trösten zu lassen. Muffs Gesicht, verschwommen unter den blitzenden Falten des Sauerstoffzelts, was wußten sie? Nichts Genaues, so malten sie sich das aus, etwas anderes konnten sie sich unter dem Wort Intensivstation nicht vorstellen. Wie oft waren es Fotos aus den Illustrierten, mit denen sie lebten, die sie heranzogen, mußten sie sich zu Bereichen verhalten, die in ihrem Alltag nicht vorkamen, unbekannte, anonyme Zonen der Gesellschaft, aus denen nur Wörter herüberreichten, Benennungen, die ihnen so fremd waren und ungewohnt im Gebrauch, daß sie diese Begriffe ohne die Färbung des Dialekts aussprachen. Fremde Wörter, Bruchstücke waren es, herangeschwemmt aus einer anderen Gegend, von jenseits der Häuser, trieben sie in ihrem Redefluß, eckten hier an, dort. Lachend mit Stößen gegen die Schultern, mit Püffen auf die Oberarme konnten sie dieses Wort Intensivstation nicht aus dem Gespräch werfen, unschädlich machen, dahinter lag Muff im Koma, ohne Bewußtsein, was denkt man, was sieht man, wenn man ohnmächtig ist? Nichts, es ist wie im Schlaf. Und die Träume? Bewußtlose träumen nicht. Aber von irgendwoher kommen die Träume doch, irgendwo im Kopf muß doch etwas sein, das alle Schmerzen spürt, irgendwo im Kopf weint jemand ohne Unterbrechung.

Du spinnst, Riko.

Einmal hatte er seine Mutter am Küchentisch entdeckt, den Kopf auf den Ellbogen gestützt, ein wenig nach der Seite gerutscht, etwas verschoben saß sie da, wie eingeschlafen. Sie hatte dabei Worte gemurmelt, die Riko nicht verstand, es blieb ihm auch keine Zeit, lange darauf zu achten, es stank nach Gas und wie, der Hahn war durch ein Versehen nicht richtig geschlossen worden, Riko stellte das Gas ab. Später erinnerte sich seine Mutter nicht mehr an das, was sie gesprochen hatte, aber gesprochen hatte sie, und lange hatte Riko gedacht, wer oder was in ihr hatte gesprochen?, und wie sehr hatte sie gelitten in dieser Dunkelheit unterhalb des Denkens, vom Gas allmählich, beinahe sanft an den Rand des Todes gedrängt?

Darauf konnte keiner etwas sagen, auch Jochen nicht, außer daß Riko hier seiner Mutter das Leben gerettet hatte, es stand eins zu eins, sagte Dotz, du bist ihr nichts mehr schuldig, sagte Jochen wie erschrocken. Zuerst, hinterher, war ich verlegen, später fühlte ich mich ganz leicht, weiß nicht warum.

Sie setzten sich langsam in Bewegung, die Hände in den Manteltaschen, den Kragen hochgeschlagen, so entfernten sie sich von Muff, glitten in jene Haltung hinein, die sie immer einnahmen, auch Muff hatte sie immer eingenommen, wenn sie in die Innenstadt zogen. Allein, jeder für sich, trockneten sie ein im Milieu der gedämpften Spaziergänger, die die Auslagen entlangstrichen, da wollten sie lieber streunende Hunde sein, zwischen den Rudeln der Spaziergänger, worin die ersten Gastarbeiter auftauchten, schmächtige, knorrige Italiener, Sizilianer mit vernarbten Gesichtern; allein, jeder für sich waren sie starr vor Abwehr, mit einem Stecken im Kreuz, einem steifen, ermüdenden Gang strebten sie dann abends durch die Innenstadt, um etwas zu besorgen, gingen immer schneller aus Angst vor den Blicken im Rücken, zwei Mädchen, zwei Freundinnen Arm in Arm konnten sie vorwärts treiben, jeden einzeln, Riko, Dieter, Jochen, Dotz und Peter, den Jagdflieger, auch wenn sie darüber nie redeten. Hatten sie erst die Mädchen überholt, so mußten sie andere Menschen zwischen sich und die Mädchen schieben, Blicke im Rücken, das setzte Gedanken frei, wie Revolver im Rücken, sie hätten sich gern in sich selbst zusammengezogen, wären in sich selbst verschwunden, einmal dachte Dotz, jedoch erzählte er es nie, am liebsten würde er den Rücken zusammenziehen wie er das Arschloch zusammenkneifen konnte, am liebsten würde er durch die Straßen rennen, blitzschnell und lichterloh brennend Faustschläge nach allen Seiten verteilen, Leute, die ihm entgegenkamen, an die Häuserwände stoßen oder auf die Fahrbahn schleudern, Meister eines chaotischen Geschehens, einer, nach dem sich alle richteten oder vor dem alle entsetzt davonstoben.

Stattdessen aber ging er mit den anderen nachlässig zur Nekkarbrücke hin, vorbei am Bahnhof der Privateisenbahn, einem flachen Ziegelsteinbau mit einem Säulengang an der Längsseite, wo drei Stufen hoch zur Tür der Bahnhofswirtschaft

führten. Hier hatte Jochen einmal den Schellenmann gesehen, die Trompete unterm Arm, auf dem Rücken die Trommel, die er über eine Schnur und einen Steigbügel mit dem Fuß schlagen konnte, einen golden glänzenden Helm auf dem Kopf, an dem zahlreiche Schellen angebracht waren, die durcheinanderklingelten, wenn er den Kopf im Takt wiegte; so ausgestattet, dazu angetrunken wie immer war der Schellenmann aus der Wirtschaft gekommen und die drei Stufen des Säulengangs hinabgestürzt mit einem Geklapper und Gekrache, als breche ein ganzes Blasorchester mitten im Spiel zusammen.
Sie lachten, zu viert gingen sie nebeneinander her, der Wind fegte über den Vorplatz des Bahnhofs und prallte gegen ihre Mäntel, er stieß ihnen die Haare in die Stirn. Die Sonne war nicht zu sehen, von unten her schien sie die Wolken, die immer noch wild aufgebauscht über den Himmel zogen, so rosa an, daß es ihnen schon kitschig vorkam, ganz unnatürlich, dieses strahlende Rosa vor dem dunkler werdenden, tintenblau schimmernden Himmel. Sie kniffen die Augen zusammen, ein Zwielicht im Herbst, sie behielten die Hände in den Taschen, ihre Blicke waren wie unbeirrbar nach vorn gerichtet, auf die Brücke zu, eine Reihe von Laternenmasten wuchs vor ihnen in die Höhe, die Lampen waren eingeschaltet und leuchteten in einem kalten, grünlich weißen Licht, dazwischen standen Fahnenstangen, die Fahnenhalter, dünne Drahtseile, schepperten gegen das Metall in einem unruhigen Rhythmus, den der Wind in Gang hielt; an diesen Stangen entlang, rund, grau gestrichen, schickten sie ihre Blicke voraus. Zu erobern war nichts, sie kannten die Innenstadt mit den beiden alten Häusern rechts und links am Eingang zur Breiten Straße, ein helles Haus mit einer Bierreklame links und ein hoher verrußter Kasten aus den Vorkriegstagen rechts, er hatte die Bombenabwürfe überdauert, der ganze Dreck der Nazizeit, des Kriegs hatte sich in die Fassade hineingefressen; sie war ganz schwarz geworden, wie nach großen Feuersbrünsten verqualmt wieder aufgetaucht aus schmutzigem Gewölk. Im Erdgeschoß war nur mehr eine Imbißkneipe zurückgeblieben, ein kahler Bierschuppen wie auf der Seite gegenüber, die Bodendielen abgetreten und verkotzt, ranzige Frikadellen in den Schaufenstern, ein paar Gestalten lümmelten davor herum, Penner, die in

andere Kneipen der Innenstadt gar nicht mehr hineindurften, noch nicht einmal in jene, die im Hafenviertel lagen. Die Wohnungen über dem einen Lokal waren geräumt, die Fenster so stumpf, daß die Scheiben nichts mehr spiegelten, wo sie fehlten, dort klebten Pappkartons gegen die Rahmen.
Muff sah das jetzt nicht, und dieser Gedanke zwang Riko, ganz genau hinzuschauen, er wollte das Bild für sich nie mehr verlorengeben, wollte es für alle Zeiten gesehen haben, unabhängig davon, daß diese Häuser bald neuen Gebäuden weichen mußten, sowieso wurde überall aufgebaut. Muff sah sie vielleicht niemals wieder, konnte sich womöglich schon bald nicht mehr an sie erinnern, falls er sich überhaupt noch erinnerte, oder er wurde mit einem Körper, der zerstört in sich gesunken war, daß er wie ausgetrocknet wirkte, in einem halben Jahr im Rollstuhl daran vorbeigeschoben, die Beine dünn unter die wollene Decke gesteckt, wenn sie nur genau wüßten, was los war, damit die Gedanken an ihn nicht so unruhig hin- und herflackerten! Riko wollte jetzt nie mehr etwas vergessen, er wollte aufmerksam bleiben, zwar hatte Muff zu viel verloren, um ihn das zu lehren, trotzdem konnte Riko nichts anderes tun als dies anzunehmen, während in Dieters Gedächtnis Muff schon eine leere Stelle zu hinterlassen begann, Dieter hatte ihn nach der Schlägerei am Freitag in der Stechuhr geschnitten, wollte, als er später am Abend dazustieß und Muff sah, daß dieser den ersten Schritt machte, wenigstens diesen Entschluß hatte Dieter ihm nicht ersparen wollen, nachdem er sich am Platz von Riko hatte zurückhalten lassen. Das war ihm später sowieso unverständlich geworden, Riko hätte er doch geschafft, aber hebe die Faust gegen einen Freund!, dazu mußte man sich erst nicht mehr kennen vor Wut.
Jedoch wenn es wirklich stimmte, was Dotz erzählt hatte, so machte Muff keinen Schritt mehr, die Schlägerei war etwas ganz und gar Lächerliches geworden, nicht wichtiger als ein Frühstücksei, aber gerade das stimmte ihn so bitter, daß der Kampf nichts mehr bedeutete und doch vorhanden blieb und ein Symbol, ein Vorzeichen oder irgendetwas sonst bedeuten wollte. Wie zum Trotz schaffte Dieter es nicht, wollte es gar nicht versuchen, eine Schuld zu fühlen, er wußte, was nun alle dachten, daß er in Muffs Schuld stand nämlich, und viel-

leicht hatte der Unfall sogar etwas damit zu tun gehabt, vielleicht war Muff in Gedanken bei der Schlägerei gewesen, bei ihm, dem neuen Freund von Uschi, vielleicht hatte er deshalb nicht aufgepaßt, hatte mit Gedanken an eine Rache gespielt. Aber Dieter war ja nicht danebengesessen, er war ja nicht Muffs Schutzengel, der ihm das Steuer hielt, dafür war er nicht verantwortlich, und Probleme hatte er selbst genug, er brauchte nur an den Ausbilder zu denken, daran, daß ihn jener vielleicht noch einmal ins Lager steckte; dort konnte er dem Lagerleiter etwas Neues erzählen, das war aber auch alles. Für den Rest des Tages saß er dann tatenlos da, dumpf vor Langeweile zwischen den roh gezimmerten, ölverschmierten Regalen mit den Ersatzteilen, und was sollte er denken, was hatte Muffs Unfall, womöglich sein Tod, mit ihm zu tun? Muff war Uschis Freund gewesen, nur kurz, vielleicht trat er wieder in ihrem Gedächtnis hervor, und Dieter mußte plötzlich mit jemandem kämpfen, der schon gar nicht mehr dagewesen war.

Dieter trauerte nicht, fürs erste verbat er sich das, er wollte sich nicht einmal vorstellen, wie ihm zumute wäre, würde er trauern, womöglich sah er dann aus wie Dotz, genauso blaß, das Gesicht grimmig aus der unbedingten Absicht, heute an nichts anderes mehr zu denken als an Muff. Ins Kino kam Dotz trotzdem mit, Lohn der Angst, das war bestimmt ein Film für ihn, er hatte schließlich auch etwas Ähnliches wie Angst gespürt, nachdem Muffs Mutter wieder gegangen war und er den Mantel holte, plötzlich allein vor dem Kleiderschrank im ungeheizten Schlafzimmer, die Alten im Nebenzimmer, das schwache Gedudel der Sonntagsmusik, ihre Stimmen, mit denen sie auf einmal alles viel ernster meinten als sonst. Dotz war es ganz kalt geworden, eine Schicht Eis war über seine Haut gezogen, ein feines Gespinst verwehter Kristalle: daß es nur Knacks machen mußte, nicht lauter als die Knöchel knackten, wenn er die Finger ineinanderhakte und sie drehte, und das Genick war gebrochen, irgendein Halswirbel! Aber in diesem Krach, mit dem das Auto sich in den Acker hinein überschlagen und Muff herausgeschleudert hatte, in diesem Aufheulen, diesem erdenen Schlag, als das Auto sich in den Boden wühlte, die Klumpen Lehm und Sand, die Grasbüschel am

Rand wegfetzte, war dieses Knacken sowieso nicht zu hören gewesen.
Dieter schlug Dotz auf die Schulter, also, sagte er, eine Karte wollte er nicht haben, er ging ja weiter, war verabredet, während die anderen vor den Schaukästen anhielten und die Fotos betrachteten. Im Vorraum standen die Besucher herum, Sonntagsstimmung, die Jungen aus den Vororten hatten sich über die Kinos der Innenstadt ergossen, sie füllten die Foyers, bildeten die Schlangen zwischen dem Kassenhäuschen und dem Gestänge davor, aufgekratzt schoben sie einander vorwärts, wehrten andere ab, die sich dazwischendrängen wollten, Gestalten, denen die Sonntagsmäntel schnell zu eng wurden, ein Abenteuer wartete auf sie, ein Rausch von Spannung, da wollten sie hinein, mittendrin sein. Sie hatten Mädchen dabei, ein paar wenigstens, auf hochhackigen Schuhen, Pfennigabsätzen, wie verdrückt sahen diese Frauen aus, wie eben aus der Geschenkpackung gewickelt; paarweise standen sie beisammen, redeten nur aus Seitenblicken heraus, die sie auf die Jungen warfen, wenn die Jungen nicht herschauten. Alles, was sie sagten, kam hinter einer vorgehaltenen Hand hervor, auch wenn sie die Arme am Körper behielten, die Henkel der Handtaschen in den Armwinkeln, ein Bein ausgestellt und den Hüftknochen leicht und auffordernd nach außen geschoben. So warteten sie darauf, daß die Jungen die Karten mitbrachten, und die sagten weiter nichts, sie klemmten die Karten zwischen Daumen und Zeigefinger, hielten sie in die Höhe, wedelten ein bißchen damit, siebte Reihe, sputet euch, verschwindet nicht zu lange auf dem Klo, wenn ihr herauskommt, seht ihr ohnehin genauso aus, wie ihr hineingegangen seid, das Gekämme und Getue vor dem Spiegel ist bloß affig. Doch die toupierten Haare gefielen ihnen trotzdem, es machte einen stärker, sich mit modisch gekleideten, richtig geschminkten Frauen zu zeigen, das war doch ein Zeichen dafür, wie lebendig die Jungen selber waren, wie clever, genau und geistesgegenwärtig; sie kamen mit, sie fielen nicht zurück, sie ließen sich weder überrumpeln noch abhängen, das Abseits war kein Platz für sie.
Die Cellophanpackungen mit den Bonbons, den gesalzten Erdnüssen und Rosinen glitzerten neben der Kasse, aus der die

Streifen der Eintrittskarten hingen, rosa, beige und hellblau, zum Abreißen, Dieter sagte, bis später vielleicht, in der Stechuhr oder im Krug. Ich komm auf jeden Fall in den Krug, rief Jochen hinterher. Wohin Dieter ging, verriet er nicht, aber sie zweifelten kaum daran, daß er sich mit Uschi traf, Sonntagnachmittag, Kaffeestunde, Tanztee, vielleicht beides, das war die richtige Zeit für eine Frau wie sie, ich wette, er macht dabei mit, sagte Riko, aber darüber kam kein Gespräch in Gang. Stumm gingen sie die paar Stufen zum Eingang in den Kinosaal hoch, zusammen mit all den anderen stiegen sie auf die Kartenreißerin in ihrem glänzenden, braunen Schürzenkleid zu, es gab Platz zwischen ihnen, kein Gedränge und Geschiebe, der Ansturm auf die eben erst geöffneten Türen war schon vorüber.

Als sie in den dunklen Saal traten, auf den borstigen Kokosläufer, schritten sie geradewegs in ein glattes Gesicht mit einer Haut hinein, die eine Stimme einwandfrei nannte, zwei Finger verstrichen einen Batzen weißer Creme auf der Wange, die Creme verteilte sich wie von selbst, sachte zog sie sich in die Haut zurück, eine einschmeichelnde Stimme kam wie mit einem Lächeln gesprochen aus den Kanälen, weicher, samtener Klang, dazwischen das Knistern der verstaubten Aufnahme, kaum einer hörte zu, es saß ein unruhiges Publikum unter dem milchigen, flockigen Streifen, den der Vorführapparat durch das Dunkel zur Leinwand schickte. Reihe fünf, und sie zwängten sich hinein, rieben sich an den abgewetzten Rückenlehnen entlang, sie stießen gegen ein paar Knie, stiegen darüber hinweg, ein Gebrabbel und Gesumme quirlte im Raum, angedunkelte Töne, gedämpftes Lachen, Geräusche wie ein allmähliches Aushauchen, langsam sanken sie herab und wurden still. Erst nach dem Film fügten sie sich wieder zu Wörtern, Sätzen, zu Meinungen zusammen und machten alles klar, letzte Signale jetzt, losgeschickt bevor der Vorhang zu Beginn der Hauptvorstellung rasselnd und raschelnd auseinanderglitt und das Knistern über die Lautsprecher kam, womit sich der Vorspann ankündigte, die ersten, noch stummen Umdrehungen der Spule.

Zwei Reihen weiter hinten sahen sie Freddi sitzen, halb aus den Schatten geschält, er winkte ihnen zu, eine schwach aufleuchtende Bewegung, eine Hand, die über einen wuchtigen Körper wischte, heh, Freddi! Sie waren ein bißchen stolz darauf, denselben Film gewählt zu haben wie Freddi, sie nickten zurück, hoben den Arm zum Gruß, schlängelten sich aus den Mänteln, dann sackten sie ab, jeder in seinen Kinostuhl hinein, in dem die Reise gleich losging, quer durch zwei Sonntagsstunden, ein bißchen schäbig, aber oho, das Gewisper blieb ihnen im Rücken, vorne rutschten warme Bilder entlang. Den auf- und abbrechenden Strahl, vom Vorführgerät aus der Blickscharte über den Köpfen der Zuschauer zum Tanzen gebracht, sahen sie, wenn sie sich umdrehten, um zu gucken, wie voll das Kino geworden war, ein voller Saal bestärkte sie, das Heer bleicher Gesichter, Rascheln, Kichern, Seufzen, knisternde, immer bewegliche Stille im Halbdunkel.

Dann begann das Dorf, ein paar stehengelassene Häuser, weißgekalkt, mit großen Räumen dazwischen, die in die verstaubte Ebene hinauswiesen, durch die Hitze auf die Ölfelder hin, ein Ventilator flirrte auf der Veranda, und einer von den Männern bestellte eine Limonade, während die anderen einfach weiter herumsaßen, gleichmütig wie am Vortag und wie am Tag vor diesem Tag, wie morgen wieder, übermorgen. In dieser aufgezwungenen Geduld, dieser gerade noch hingenommenen Bewegungslosigkeit lag das Gefährliche der Männer, Riko spürte es, sie waren zu allem imstande, sie schienen nur auf das Zeichen zu warten, den Anlaß, der ihren Amoklauf auslöste. Mario trug seine Jacke direkt auf dem Unterhemd, tief ausgeschnitten hing es von den Trägern herab, Mario schlug gewöhnlich mit bloßen Fäusten zu. Der Erdboden vor der Veranda schien hart und trocken, dazwischen waren warme Wasserlachen ausgebreitet, vom Regen vergessen, mit dunklen, feuchten Rändern, dann wieder Staub, der Boden leuchtete auf der Leinwand wie überbelichtet, eine Sonne war das, ein träges Leben, irgendwie aussichtslos, wie verloren wirkten die Männer darin, und die Jungs in den Stuhlreihen wollten mit ihnen verloren sein, um desto siegreicher zurückzukehren. Es war jene Sonne über allem, nach der Riko sich sehnte, sobald die ersten Sommertage still und blau aus der Morgendämmerung hervorwuchsen, hier wußte noch jeder, wofür er kämpfen, weshalb er feiern wollte, Sinneslust, Tanz, weißer Rum und Bambusgeflechte, eine Dusche im Freien, eine aufgehängte Gießkanne oder so etwas, darunter die Umrisse einer nackten, braunen Frau, das Wasser lief glänzend über die Haut, dann Lindas Brüste, fast freigelegt unter dem tief ausgeschnittenen Trikot, als sie sich hinabbeugte, auf den Knien den Boden der Kneipe scheuerte, lächelnd, mit Zöpfen, helle volle Brüste, nur ein Winziges mehr, und die Brustknospen rutschten aus dem Stoff. Solange die Einstellung nicht wechselte, und wie lange blieb sie da!, hielt Riko den Atem an, die Brustspitzen, Warzen, dunkle Höfe, aber sie fielen nicht ins Bild, die Jungen im Kino atmeten durch, als der Wirt grob und polternd in die Szene trat, ein feister Kerl, der Linda auf ihr Zimmer scheuchte in einer Mischung aus Habgier und Besitzertum, als mußte er sie täglich neu an sich reißen. Später im Film, als alle die zerborstene Ölleitung am Wegrand sahen, aus der das Öl herausschwappte, träge pulsierend, und als Joe im Ölschlick zu versinken drohte mit dem kaputtgefahrenen Bein, da sahen sie, wie wenig diesem mittelmäßigen Gauner all seine Erfahrungen nutzten, daß er den Koffer mit seinen Erfahrungen wieder zudrücken konnte, sie waren zerschlissen wie alte Kleider. Joe war einfach nicht mehr jung, nicht mehr stark genug, er war ein alter Held geworden, einer, der verloren hatte und der es vorher geahnt hatte, er war weg vom Fenster, ein Wrack. Hatte er nicht sogar umsonst gelebt, wenn ihm sein Wissen jetzt nichts mehr half, als er mit schmutzigen Fingern im Verband um das zerquetschte Bein kruppte? Nein, Joe erfuhr niemals mehr, was sich hinter jenem Zaun befand, an dem er auf dem Schulweg beinahe täglich vorbeigegangen war, und Muff, Muff, was erfährst du noch?, bist du jetzt tot?, hat das Radio weitergespielt, als du neben dem Auto lagst?, was hat das Radio gespielt?, was?

Betäubt und wütend stand Dotz auf, das Licht wurde langsam heller, bis es ganz aufflammte, die anderen reckten sich und kamen träge hoch, Jochen gähnte; während Dotz auf dem Gang nach den Ärmellöchern in seinem Mantel langte, rempelte ihn jemand an, und Dotz stieß ihn sofort weg, paß auf, du Sau, sagte er, und gleich umringten zwei Gruppen einander, wie sich Eisenspäne anordnen, in die ein Magnet gehalten wird, ein lautloses Aufeinanderzurücken, wie oft trainiert, drohend und ernst sah Dotz dem anderen in die Augen, in seinem Gesicht sollte keine Linie zuviel sein. Doch das Gedränge, das allmählich im Seitengang entstand, schwemmte etwas vom Bedrohlichen dieser Situation hinweg, Dotz konnte sie nicht ausspielen, Bemerkungen von anderen glitten dazwischen, geht hier der Film weiter? Jemand lachte, also lenkten sie ein, war ja weiter nichts passiert, geschlagen hatte keiner, nur ein bißchen gerempelt, ein bißchen gedrückt, was machst du auch nur, sagte Riko zu Dotz draußen vor der Tür, im Freien, in das sie hinausgetreten waren wie durch eine kalte Wand hindurch.

Inzwischen war es vollkommen dunkel geworden, doch die Lichter wirkten noch frisch wie Pfefferminz, die Neonreklamen, die Röhren in den Schaufenstern, den Schaukästen der Kinos schienen kühl auf die Straße hinaus. Feierabend, jetzt hätte Riko bereits Feierabend, wäre heute nicht ohnehin Sonntag, damit war der freie Tag vorbei, jetzt gab es nur mehr einen Abend vor dem nächsten Arbeitstag, fünf Tage im Büro hatte Riko wieder vor sich, ein zäher Schlamm von Stunden, in den er sich hineinsetzen mußte und warten und nicht schreien, so laut wie möglich, wo schon die bloße Länge einer Stunde ihn folterte. Das Bier, das sie nachher noch in der Stechuhr trinken wollten, bedeutete nicht viel mehr als einen Aufschub, eine Pause vor den Toren eines modern und luxuriös ausgestatteten Gefängnisses mit Fahrstuhl, eingewachsten Fußböden, Schreibunterlagen auf den Tischen und jeder Menge Aktenordner, Alphabeten, Karteikästen, p. p. a., hochachtungsvoll; lauter Bilder, die weghuschten, als er Freddi sah, vor dem Eingang des Kinos an den Kotflügel eines geparkten Autos gelehnt, so schien er auf sie gewartet zu haben.

Tanztee

Es paßte Dieter nicht, daß er noch eine Weile umherschweifen mußte, er ging langsam, früh genug hatten sich die anderen ins Kino abgeseilt, zu spät kam er nicht, aber er wollte auch nicht eine halbe Stunde vor dem New Orleans herumlungern, es war kalt, Dieter kannte sicher keinen von denen, die sich womöglich auch vor dem Eingang herumtrieben, weil ihre Freundinnen noch nicht gekommen waren und sie es nicht aushielten, allein unten im Keller zu sitzen. Aus der Breiten Straße war Dieter ausgeschert, hatte das behäbige Gewühl vor den Auslagen und in den Passagen zurückgelassen, hier, wo er jetzt ging, quer über den von Autos vollgestellten Marktplatz, am Zeughaus vorbei und dann in die Seitenstraßen hinein, auf das Schloß und das Eisstadion zu, begegnete er nur wenigen Leuten; sie drängten auf die Breite Straße hin oder sie blickten so selbstvergessen in sich hinein, als wären sie bloß mit den Enttäuschungen beschäftigt, die ihnen dieser Sonntagnachmittag schon bereitet hatte. Jetzt allein zwischen den blanken, frisch verputzten Häusern, alle in den letzten Jahren wieder aufgebaut, ohne die Spuren der Einschüsse nun, ohne Löcher und vernagelte Fenster, wurde Dieter gewahr, wie sehr sein Leben von fremden Dingen umstellt war, obwohl er doch in dieser Stadt aufgewachsen war, wie wenig ihm davon wirklich gehörte, wie wenig er auch nur kannte, was hatte er sich bisher unter diesem Stadtviertel vorgestellt? In der vom Zentrum abgeschiedenen Sonntagsstille lag das ewig graue Trottoir noch sauberer da, noch öder als sonst, der Himmel verdunkelte sich unaufhaltsam, eine Glocke schien von jenseits des Horizonts langsam über die Stadt gekippt zu werden. In diesem bläulichen Dämmerlicht kehrten in dem Maß, wie sich die Umgebung in der Trübnis verlor, Gedanken an Muff heran, die leere Stelle, die Dieter, schon enttäuscht über sein Unvermögen, Gefühle aufzubieten, am Nachmittag verspürt hatte, begann sich mit ungenauen, wehen Empfindungen zu füllen, so daß nahezu gleichzeitig eine Genugtuung in ihm aufkam, er konnte traurig sein, er war also doch nicht aus Stein.

Aber daß es Muff auf einmal nicht mehr geben sollte, war ganz unverständlich; es wurde Dieter nicht deutlich, was sich hierdurch in seinem und im Leben der anderen veränderte, konnte man diesen Tag nicht anhalten? Gab es etwas Leichteres als den Gedanken, daß Dotz nur ein Scherz unterlaufen war, daß mittlerweile unter den anderen im Kino, während ihrer Zwischenbemerkungen zur Reklame, eine andere Wahrheit sich durchsetzte? Immer noch wollte Dieter eher daran glauben, daß Muff in ein paar Wochen wieder am Platz herumstand, auf Krücken vielleicht, mit einem Gipsbein, einer Halskrause aus Gips meinetwegen, dafür aber lange krankgeschrieben; waren die schlimmsten Schmerzen erst einmal überstanden, ließ sich doch darüber reden! Mit seinen Gefühlen jedenfalls kam Dieter nicht an Muff heran, er merkte schnell, wie unsinnig es war, sich in Muffs Zustand zu versetzen. Im Koma zu liegen, blieb ihm eine so fremde Vorstellung, daß sie ihm keinen Anhalt dazu bot, was er denken oder empfinden sollte, er hoffte, daß Muff ganz einfach bewußtlos war, vielleicht künstlich ernährt wurde, wie auch immer das vor sich ging, Muff sollte irgendwie daliegen, so empfindungslos wie das Kissen, das ihn zudeckte, mit nicht mehr Leben im Körper als eine Pflanze. Wenn er morgen oder übermorgen wieder zu sich kam, sollte Muff so wenig von all den Zerstörungen, denen er ausgesetzt war, sagen können, wie von den Eingriffen der Ärzte mit ihrem silbernen Handwerkszeug, ihren Pinzetten, Sonden, Skalpellen, ihren elektrischen Apparaturen, kantig und glatt, grau gestrichen, mit blitzenden Silberteilen, schweren Eisenkästen, an die sie weiche, warme Körper anschlossen, schon der Gedanke an jene Geräte und daran, unter ihnen zu liegen mit all der eigenen Empfindlichkeit, den Muskeln, den Nerven und der Haut, ließ Dieter den Überblick verlieren; krank sein, im Krankenhaus liegen, das konnte nur eine Strafe sein, aber wofür?

Auch war Dieter gespannt darauf, was Uschi sagen werde, als er umdrehte, um wieder in die Breite Straße zurückzugehen, hin zum New Orleans kurz vor der Neckarbrücke. Er wollte es ihr nicht sofort mitteilen, sondern später, sobald sie an einem Tisch saßen, allein, wie er hoffte, ohne ein störendes Paar daneben, dessen Geschwätz ihn meistens von dem ablenkte, was Uschi erzählte. Dieter würde eine Zigarette anstecken und so cool wie möglich bleiben. Wie mußte diese Szene in einem Film aussehen, in Schwarzweiß, der langsame Chorus eines Saxophons im Hintergrund, der dünne Qualm der Zigarette, an der er gerade noch gezogen hatte, und in jenem Augenblick, in dem er sie aus dem Mund nahm, sagte er wie nebenhin, Muff hat's erwischt, und zusammen mit diesen Worten wehte ein quirliger, kräuselnder Zigarettenrauch aus dem Mund und verlor sich.

Aber dann guckte ihn Uschi gar nicht erstaunt an, er hatte nicht den richtigen Augenblick getroffen, hatte nicht lange genug gewartet, sondern es zu ihr hingesagt, während sie, halb von ihm weggedreht, nach dem Kellner schaute für eine Cola mit Cognak oder etwas Ähnlichem in dem schummerigen, doch so gepflegten Raum, daß das gedämpfte rötliche Licht heimelig wie eine Adventsbeleuchtung wirkte und jeden Zusammenhang mit dem Namen des Jazzkellers auflöste. In diesem Lokal hatte Dieter sich bisher nie wohlgefühlt, es war ihm zu glatt, zu sauber gemacht, abends standen hier sicher auch Sektkübel auf den Tischen; Dieter war es immer als eine Herausforderung erschienen, hierherzukommen und mit Uschi an einem Tisch zu sitzen, ohne sonst jemanden in dem von breiten, eckigen Pfeilern verbauten Kellersaal zu kennen. Die Musiker hatten auch eine längere Pause begonnen, es war nur ein Raunen zu hören, ein gedrücktes Durcheinander von Stimmen, Gläser klingelten und das erbärmliche Klappern von Kaffeegeschirr stob darunter weg, die Kellner bewegten sich in roten Jacketts eilfertig zwischen den Tischen hindurch.

Der Duft nach Kaffee brachte Dieter die Sonntagnachmittage zurück, an denen die Verwandten zum Besuch aufkreuzten und das enge Wohnzimmer mit ihren Körpern ausfüllten, unter frisch gebügelten Sonntagskleidern versteckt, Tante Liesel und Onkel Karl und noch ein, zwei Tanten unter Stoffblumen, den Redefluß ungehemmt, nur Onkel Karl beeindruckte ihn, der sagte nicht viel, der regte sich über nichts auf. Es war ein starker, stattlicher Mann mit einer rauhen Besonnenheit in der Stimme, wuchtiger als Dieters Vater, für Onkel Karl war alles klar und nicht selten schlossen die wenigen Bemerkungen, die er machte, ein Gespräch ab oder leiteten es ein; zwei, drei ro-

buste Ansichten warf er in die Runde, als verteilte er Spenden. Onkel Karl war der Kopf, er konnte es sich leisten, sich herauszuhalten und blieb doch ungebrochen anwesend, etwas, das Dieters Vater nicht gelang, der hatte kein Gespür für so etwas. Einmal hatte er von einer Schußverletzung erzählt, die ihm ein Soldat vom Ufer des Rheins aus beigebracht hatte, damals 1919, während er als junger Spund nach einer aufgelösten Demonstration über die Rheinbrücke geflohen war; wie wahr, wie tapfer, wie irgendwie gut, aber dann sagte Dieters Vater, hat mir der Kerl doch tatsächlich in den Arsch geschossen, Onkel Karl lachte dröhnend, Dieter schwieg, alle lachten auf, kreischten, die Tanten, die immer so viel wert auf eine gute Erziehung legten und alle Kinder in brav oder frech einteilten, im Lachen waren sie hemmungslos; es war ja nun auch das Erbärmlichste, was einem an Schußverletzungen zustoßen konnte, Muff ist was passiert, wiederholte Dieter.
Etwas Schlimmes? sagte Uschi, sehr schlimm, sagte Dieter, ein Unfall, aus dem Auto geschleudert mit hundertfünfzig, flopp und weg, er stirbt vielleicht, O Gott, sagte Uschi, oder er bleibt gelähmt, sagte Dieter.
Als sie, das ist ja furchbar, im Tonfall seiner Tanten hauchte, sackte in Dieter die Lust weg, weiter davon zu erzählen, das Gespräch lenkte ihn auch nicht von der Umgebung ab, er schaute immer noch nach denen, die neu ins Lokal kamen, hinter den Pfeilern hervortraten mit einem rötlichen Widerschein auf ihren fragenden Gesichtern. Dieter kannte keinen, die meisten erschienen ihm älter, es waren keine Leute, die auch in die Stechuhr kamen, Dieter hielt sie eher für Oberschüler, irgendwelche Striesel, die in Wohnungen mit langen Fluren aufgewachsen waren, wo es, wenn er klingelte, um Zeitungsgeld zu kassieren, früher als Dieter diesen Job machte, lange dauerte, ehe er von weit hinten Schritte hörte, die näherkamen, und wo er sich genierte, wenn ein ähnlich alter Junge wie er öffnete, nach Niveacreme roch, wie zart verkommen sahen die jetzt aus, der Blonde da, Dieter hatte ihn schon zweimal hier gesehen, war er nicht bloß die Vergrößerung eines Zwölfjährigen, und was würde er sagen, wenn Dieter ihn in der Toilette anrempelte und ihm Hiebe androhte? Er würde so sehr wimmern, daß ich die Achtung vor mir verlor, sobald ich zuschlug.

Einmal, während der Schulzeit noch, hatte er einen halben Tag lang am Platz auf Horst gelauert, der jetzt zu den Bullen gegangen war, der doch tatsächlich Bulle werden wollte, Bulle oder Bruch, hieß das, dann lieber noch Bruch, oder? Dieter hatte ihn schließlich vor der Tür zum Milchladen erwischt, in einer Seitenstraße, er knallte ihm zwei, stell die Kanne ab, sagte er, aber Horst blieb, ohne sich zu rühren, nach vorn gebeugt an der Hauswand stehen, er hielt die Arme vors Gesicht, die Kanne schwankte in der Armbeuge, Horst sagte nichts, machte nichts, Dieter schlug ihm gegen die Oberarme, die Ellbogen, Horst behielt die Arme am Körper, und die Wut, die Lust, Rache zu nehmen für den Verrat in der Schule am Morgen, löste sich so plötzlich auf, so unvorhergesehen, daß Dieter sich auf einmal fast so schäbig vorkam wie dieser Feigling vor ihm.

Er hatte ohne ein Wort zu sagen von Horst abgelassen, hatte die Straße überquert und war auf der anderen Seite davongegangen, an dem Gitter entlang, wo hinten die Schienen der Privateisenbahn nach Weinheim lagen, Schotter auf dem verstaubten, trockenen Boden, verdorrtes Gras und Unkraut auf dem Streifen neben dem Betonsockel, in den das Gitter eingemauert war. Pfeifend war Dieter an der Treppe zur Unterführung vorbeigeschlendert, dort hatten sie im Frühjahr, Maimesse, den Mädchen aufgelauert, wenn sie gegen Abend von der Kirmes auf dem Messeplatz auf der anderen Seite der Unterführung zurückkamen, die Mädchen hatten geschrien, sobald sie, einander Bemerkungen zustoßend oder, wenn sie besonders gut gelaunt waren, ein Kriegsgeheul ausstoßend aus dem Dunkel auf die Mädchen losgestürmt waren, zu viert, zu fünft, eine ganze Meute manchmal. Jene Mädchen, die sie besser kannten, aus der Schule, vom Sehen in den Straßen, hatten sich aber oft nicht lauter gewehrt, als sie selber Krach machten, während sie die Mädchen mit Geheul und Gelächter umringten, sie zu küssen versuchten, ihnen an die Brüste faßten, wo noch gar nicht viel zu spüren war, eine Handvoll, das war schon ein beachtliches Maß, wie ein Apfel groß, so eine Beschreibung stellte meistens eine Übertreibung dar.

Und weil sie mit Worten beinahe alles übertrieben, was sie getan hatten oder zu tun vorschlugen, so sprachen sie auch hinterher vor jenen, die einmal nicht dabei gewesen waren, davon, daß sie ein paar Frauen geäpfelt hatten. Später lachten sie über dieses Wort, als sie anfingen, eine Freundin zu suchen, um mit ihr allein zu sein, weit weg von den anderen, von denen jeder einzelne dachte, daß die anderen überhaupt nicht wußten, was in einem los war, daß die anderen einen in bestimmten Dingen gar nicht verstanden. Dinge waren das, über die sie nicht ehrlich reden konnten, keiner, auch Dieter nicht, zum Beispiel wie küßt man eine Frau, was macht man mit der Zunge genau, wie tief schob man sie in den anderen Mund, nur die Spitze oder mehr, und überhaupt, war nicht ein Mädchen eine Sau, wenn es sich widerstandslos an die Brüste greifen ließ, es duldete oder sogar genoß, daß die Brüste gedrückt und gestreichelt wurden, ganz zu schweigen vom Finger in der Fut? Andererseits, sollte es mit Uschi immer so weitergehen, sollte er immer sonntagnachmittags hierherkommen, während die anderen im Kino hockten und herumulkten, aber dort wollte er mit Uschi auch nicht sein, da nahm er es lieber hin, daß er anschließend nichts über den Film sagen konnte, daß er bloß zuhören mußte.

Was gehst du immer hierher, sagte Dieter, er war lange stumm geblieben, viel länger als sonst, ein bißchen traurig vielleicht oder dumpf von der Gefühlsschwäche seiner Erinnerungen, es kam eine Wut in ihm auf, er saß ja selber hier, er kannte auch die Antwort von Uschi, wegen der Musik, wird sie sagen, Dixieland, das war das Neueste, lustig, gut zum Tanzen und nicht so primitiv wie Rock'n'Roll, der war doch außerdem vorbei, passé.

Uschi antwortete aber nicht, sie schaute ihn eindringlich an, er sollte merken, daß sie ihn so anschaute, daß sie nicht einverstanden war mit der Art, wie er sie gefragt hatte, sie hatte seine Wut gespürt. Okay, okay, man darf ja auch mal wütend sein oder nicht? Sie wollte aber so reagieren, daß er seine Wut zurücknehmen konnte, ohne sich dabei etwas zu vergeben, die Entschuldigung wurde ihm geschenkt, spürte Dieter, und das ließ seine Laune nicht besser werden. Dagegen fühlte sich Uschi auch zu unterlegen, um in einer ähnlichen Wut zu antworten, sie war ja gar nicht wütend, eher traurig, Muff tat ihr leid, sie wollte ja mit Dieter hier sitzen, mit ihm reden, und beim

Tanzen konnten sie sich eng aneinanderschmiegen, die Angst zerstreuen, die sie bei der Nachricht von Muffs entsetzlichem Unfall ergriffen hatte und die nun immer noch in ihrem Körper steckte. Aber wenn Dieter so verschlossen dasaß, im Gegensatz zu sonst wenig sagte oder sie mit einer harten Stimme anfuhr, verstand sie nicht mehr, was er denn wollte und fühlte sich hilflos bei dem Versuch, es herauszufinden, Dieter wurde ihr fremd, worauf wollte er hinaus, wie konnte er sie, wenn er sie wirklich gern hatte, so behandeln?

Jemand auf dem Podest machte sich am Schlagzeug zu schaffen, ein schmächtiger Bursche in einem Rollkragenpullover, dessen Grau auf das dunklere der Hose abgestimmt war, als der Typ die Schraube am Becken nachgezogen hatte, setzte er sich hinter das Schlagzeug, kontrollierte die Fußmaschine, kurz und trokken schlug er gegen die große Trommel, dumm, dummdumm, Dieter betrachtete das schmale, knochige Gesicht, der Schlagzeuger hatte den Kopf gehoben und blickte vage über die Leute im Saal hinweg. Als wäre er nicht bei der Sache, fegte er ein paar schnelle Wirbel über die beiden kleinen Trommeln, der Bassist hatte inzwischen den Baß aufgerichtet und begann ihn nachzustimmen, mit dem Bogen strich er über die Saiten, die wie dicke Kordeln aussahen, er beugte sich nach vorn, um genauer zu hören, dann zupfte er ein paar Läufe hinauf und hinunter, der Banjospieler setzte sich, überkreuzte die Beine und nahm das Banjo auf den Schoß. Der Gleichmut, mit dem die Musiker sich einstimmten, das flinke Fingerspiel, wie nebenbei aus dem Handgelenk geschlenkert, hatten etwas Überlegenes, das sich nicht nur auf die Beherrschung der Instrumente bezog, Dieter fühlte sich zurechtgewiesen. So etwas lernst du nie, hieß das, er verstand ja wirklich keinen Takt von dieser Musik, vom Aufbau der Stücke, er konnte während der Improvisationen keinen falschen Ton von den richtigen Tönen und Akkorden scheiden, hier fühlte er sich verarscht, wogegen Uschi dies gar nicht wahrnahm, ihr ging das alles unmittelbar ein, für sie gab es nichts Selbstverständlicheres als diesen Dixieland; auch schien es sie nicht zu stören, wie ungehemmt die Musiker das Gefühl verbreiteten, daß sie lieber etwas anderes gespielt hätten, modernen Jazz, nicht diese Faschingsmusik. Das Publikum mußte ihnen ähnlich gleichgültig sein, das ließ in Dieter einen Ärger aufkommen über sie, ihre Musik, zugleich darüber, daß sie ihm doch auch gefiel und er, anstatt sie zu genießen, sich voreingenommen fühlte, wo er eigentlich nur nicht gedankenlos sein wollte. Unwillig scheuchte er die Ahnung weg, er könnte lediglich unbeweglicher als Uschi sein, nicht so unbeschwert, sondern bloß verstockt, ein Prolet in einem besseren Lokal, er schaute Uschi an, wie ein Luftzug, der auf einmal Flammen aus schwelender Asche schlagen läßt, so plötzlich riß ihn der Wunsch fort, ihre Brüste zu sehen und zu kneten.

Als sie tanzten, preßte Dieter den pochenden Schwanz gegen ihren Unterleib, die engen Hosen, er hätte auf der Stelle den Schwanz zwischen ihren Schenkeln hindurch und in die Möse drücken, sie ficken können, stoßen, stempeln, hacken, treten, er dachte lauter solche Wörter, die er von der Straße, vom Betrieb her kannte, die nicht in diese Umgebung, zu dem gepflegten Getanze und Getue passen sollten. Uschi schmiegte sich an ihn, sie bemerkte nichts von seiner Erregtheit oder sie nahm sie als etwas so Natürliches hin, daß sie allmählich verebbte. Vorn wiegte sich der dunkelhäutige Saxophonist auf dem Podest, er war verwachsen, hatte zu kurze Beine für den robusten Oberkörper, auch die Brusthöhle, die Rippen schienen verformt und wölbten sich in der Mitte übermäßig nach außen, aber er war der Star, schon grauhaarig, mit einer zerfressenen Gesichtshaut. Die Band, der Schlagzeuger, der Bassist und der Banjospieler, lauter jüngere Musiker, begleiteten ihn eher ungerührt, seit Wochen schon war er die Attraktion im New Orleans, Benny Waters, authentischer Südstaatenmusiker mit dem fiebrigen Mississippi-Blues in den Adern, hieß es auf dem Plakat, Dieter glaubte aber, daß es einfach ein alter Knacker war, der in Deutschland noch einmal Kohlen machte, weil er im richtigen New Orleans durch die zweite Tür gestoßen worden war, auf den Hinterhof, dort, wo das alte Eisen lagerte. Uschi sagte, das glaube ich nicht, woher willst du das wissen, das ist doch ein Vorurteil. Was heißt Vorurteil, ich sehe ihn schon den dritten Sonntag.

Uschis Gesicht war schön, sie war eine schöne Frau, er hatte verdammt nochmal die schönste Frau von allen, und die andern sollten ihm doch wegbleiben mit ihren Karins, mit den Schnep-

fen aus der Stechuhr, die für etwas Festes nicht zu gebrauchen waren, auch die Frauen, die in der Nähe des Platzes wohnten, gingen dort nicht hin, standen aber auch nach Feierabend nicht am Platz wie früher, als sie noch zur Schule mußten. Sie sahen diese Mädchen immer bloß vorbeigehen, einkaufen, wie ihre Mütter, mit etlichen hatten sie noch nie ein Wort gewechselt, kannten sie nur vom Sehen, auch Uschi hatten sie monatelang nur beobachtet, wenn sie auf dem Fahrrad vorbeitrieb, die langen Haare zurückgeworfen, vom Fahrtwind aus der Stirn genommen, schön und stolz; die wußte, wie sie aussah, hatten sie sich gesagt, an die kam keiner heran. Lange gab es Streit darüber, ob das helle Blond ihrer Haare echt oder gefärbt war, im Sommer hatte die Sonne das Haar so gebleicht, daß beinahe alle annahmen, die Farbe wäre nicht echt, aber als Muff mit ihr über die Kirmes gezogen war, ein Held für drei Tage, hatte er ihnen gesagt, daß die Haare echt waren, Uschi war im Sommer am Meer gewesen, Südfrankreich hieß es, in der Nähe von Saint Tropez sogar, in einer Art Ferienlager, Salzwasser, Sand und Wind, da werden die Haare so bleich, da brauchte man nichts weiter anstellen.
Gefärbte Haare hätten Dieter auch gestört, das hätte er als ein Täuschungsversuch genommen, als Betrug sogar, und genau darüber war er auch mit ihr ins Gespräch gekommen, als sie einmal am Platz aufgekreuzt war, um Muff etwas auszurichten, eine Verabredung wollte sie verschieben. Olé, es hatte sich gelohnt, daß Dieter an diesem Abend eine ganze Weile vor den anderen am Platz eingetroffen war, gleich nach Betriebsschluß, ohne vorher etwas zu essen, war er hinübergegangen, wogegen Muff noch an der Tankstelle das Benzin laufen ließ und Riko noch im Verkauf saß, die arbeiteten länger im Büro, fingen auch später an, einmal war er mit dem Blauen bei Riko aufgetaucht, kaum daß der seine Frühstücksmappe ausgepackt hatte, Dieter hatte ihm das blaue Auge gezeigt, davon sah man jetzt noch etwas, hatte Uschi gesagt, als ihm zu ihren Haaren schon nichts mehr einzufallen drohte.
Nach der Pause sollte einmal nicht getanzt werden, das verlangte Benny Waters auf amerikanisch über das Mikrophon, und diejenigen, die es verstanden, unten zwischen den Kaffeetassen, Colaflaschen und Biergläsern, ließen sofort ein paar

Zwischenrufe vom Stapel oder lachten, sie klatschten oder protestierten pfeifend, alle sollten mitbekommen, daß sie amerikanisch konnten. Es mußten Oberschüler sein, auch der Blonde lachte, den Kragen seines weißen Hemds adrett über den hochgeschlossenen, dunklen Pulli gesteckt, wie ein Chorknabe sah er aus, keine Fliege und kein Kragen, das ist uns viel zu dumm, wir treiben uns den ganzen Tag im Straßengraben rum, ein altes Gassenlied, jetzt war es Dieter wieder eingefallen, er konnte es aber nicht leiden.
Uschi fragte ihn nach dem Ausbilder, ob der ihn immer noch auf dem Kieker hatte? Ja, klar, hatte der das, und wahrscheinlich blieb das auch so bis zum Ende der Lehrzeit, Dieter jedenfalls kroch nicht zu Kreuz, eine viel bessere Idee war, für die Wahl zum Lehrlingsvertreter zu kandidieren, das hatte er sowieso schon die ganze Zeit vor, dabei kam ihm der Krach sogar gelegen, die meisten Lehrlinge hielten nämlich zu ihm, der Ausbilder war nicht beliebt, ein Gehabe wie ein Feldwebel, sie waren doch nicht bei den Soldaten, noch nicht, die meisten wollten auch nicht hin.
Uschi fragte wieder nach Muff, Dieter dämpfte den unwirschen Ton in der Stimme, aber er wußte auch nicht mehr, als er ihr vorhin erzählt hatte, ins Krankenhaus zu fahren und nachzufragen hatte genauso wenig Sinn, die sagten einem doch nichts, er war schließlich nicht Muffs Bruder.
Oben begann Benny Waters ein Solo, dazu stieg er, wie von den eigenen Improvisationen mitgerissen, vom Podest herab, er tanzte gekrümmt, das schwere Sopransaxophon im Mund, am Rand der Tische entlang in dem Viereck, das die Tanzfläche bildete, er atmete heftig zwischen den Tönen, die Töne quietschten, Dieter hörte das Schnarren und Schnappen der Klappen, er sträubte sich dagegen, diese Vorstellung gut zu finden, wo waren die elektrischen Gitarren, die harten Stimmen? Dieter wollte nicht begeistert werden, gerade weil es die Musiker auf nichts anderes abgesehen hatten, denn jetzt gingen auch die Begleiter aus sich heraus, jauchzten dazwischen, riefen sich rauhe, englische Bemerkungen zu, falls es Anweisungen waren, so schienen sie Dieter überflüssig, eine bloße Mache. Aber dann packte es ihn doch und er rief es Uschi ins Ohr, könnte er so Saxophon spielen, ähnlich gut wie dieser Opa

hier, würde er es genauso machen, eine Schau abziehen, den Leuten die Stühle unter den Ärschen wegblasen. Genaugenommen war er ein toller Kerl, dieser Benny Waters, er blies und blies, jagte die Tonfolgen über die Harmonien weg, die ihm seine Begleiter lieferten, wer kann schon behaupten, einen Großvater wie ihn zu kennen? Das war doch auch so etwas wie ein verwirklichter Traum, der Alte hatte die Bühne nie geräumt, hatte seinen Platz nicht aufgegeben, um irgendwann in einer Vierzimmerwohnung mit Teppichböden früheren Zeiten nachzusinnen, das Tischfeuerzeug vor Augen, den laufenden Fernseher, zwei Bälger im Nebenzimmer; der Benny hatte sein Saxophon nie in den Schrank gestellt, unten hinein, wo es von Mänteln, Jacken, Schlafanzügen und Hosen zugedeckt wurde. Was konnte jemand wie er seine Kinder lehren? Oder war gerade das eine der Bedingungen für seine Art zu leben, daß er keine Kinder hatte oder, falls doch, sie nichts lehren konnte, weil er mit ihnen nichts zu tun hatte, immer unterwegs, unerreichbar für sie, ein gestalt- und tonloses Etwas, ein Name.

Die Leute klatschten wie angetrunken, auch dies gehörte dazu, daß sie nach so einer Vorstellung hemmungslos im Beifall wurden, nicht länger aufmerksam und zurückhaltend, plötzlich war es erlaubt zu gröhlen, zwei, drei Typen stießen ein krächzendes Yeah, Yeah in den Saal, jemand brüllte Zugabe, aber diese Forderung nahm niemand auf, zu hausbacken klang sie noch. Jetzt fühlte sich Dieter wohl, die roten Tischdecken, deren Farbe er die ganze Zeit als aufdringlich empfunden hatte, gefielen ihm auf einmal, das gedämpfte Licht, die Geräusche und der Geruch nach Kaffee und Zigaretten hatte etwas Unverbrauchtes, Vorwärtstreibendes. Dieter meinte, es hier länger als in der Stechuhr aushalten zu können, wo gerade an den Sonntagabenden eine zähe Stimmung herrschte, irgendwie verklebt und ranzig wirkte das alles, die Leute drückten sich die Wand entlang, mit offenen Mänteln und herabhängenden Schals standen sie da, eine Bierflasche in der Hand oder die Hände in den Taschen, die meisten wollten nicht lange bleiben, am Montag ging die Maloche wieder los, fast feindselig blickten sie auf die wenigen tanzenden Paare. An Sonntagen bestimmten die Eckensteher das Bild, diejenigen, die nur langsam, zusammen mit dem Bier im Magen, in der Stechuhr warm wurden und dann zu rülpsen begannen, Typen, mit denen er Uschi gar nicht bekannt machen wollte; er wollte Uschi auch nicht zeigen, daß er manchmal ähnlich herumhing und das Bier am liebsten gleich mit der Flasche in den Hals hinabgedrückt hätte, verdrossen und dumpf vor Wut darüber, daß es ihm hier unten gleichgültig erschien, was er trank, er konnte also immer noch ein Bier trinken, ein billiges Bier, kalt und glatt rann es die Kehle hinunter. Dieter spürte dabei wenig Kohlensäure, kaum ein Prickeln, wenn er an eine wärmere Flasche geriet, an eine von denen, die Freddi neben dem Kühlschrank aufgestellt hatte, so schmeckte die Kohlensäure bloß trübe, säuerlich, ein blasiger Sud in der Mundhöhle.

Die unbeschwerteren, großzügigen Gesten der Leute im New Orleans dagegen gaben Dieter eine Ahnung von der Möglichkeit, ein paar Dinge anders zu machen als bisher, die Abende nicht immer stumpf am Platz vorbeistreichen zu lassen, immer dieselben zu treffen, immer dasselbe zu reden und auf den großen Knüller zu warten, die Sensation, und schließlich war es bloß eine wie: Muff hat's erwischt. Wenigstens begannen sich durch Uschi seine freien Abende zu verändern, durch sie war etwas hinzugekommen, von dem er bisher nichts gehalten hatte, Spaziergänge am Parkrand entlang nach dem Training, wenn die anderen doch bloß nach Hause radelten, eine Vertrautheit auf dem Weg neben den dunklen Büschen, die ihn manchmal schutzlos offen machte, so wie er sich jetzt, ohne das mit einem Wort, einer Geste anzukündigen, zu Uschi hinüberbeugte und sie an sich zog, er machte es sehr heftig, faßte hart zu, beide Hände krallte er in ihre Oberarme, in diesem Augenblick mochte er sie so sehr, daß er ihr wehtun, sie für immer zeichnen wollte. Er wollte ihr für den Rest des Lebens im Weg stehen, schwer wie ein Gebirge, wie einer, nach dem sie immer gefragt werden würde und zu dem sie immer eine Antwort finden mußte, kein gleichmütiges Achselzucken, kein ach der, kein blasses Automatenfoto als Erinnerung: all ihre späteren Entscheidungen, ihre Wünsche und Versagungen sollten nie von ihm unabhängig sein. Seine Zunge berührte Uschis Lippen, sie öffnete den Mund und ließ sie hineingleiten, sie machte sich so weich wie möglich, die Zungen strichen aneinander entlang,

aufgerauht wie die Unterseite von Blättern, aber feucht, vollgesogen von Speichel und Nässe.
Als Dieter die Augen öffnete, sah er Uschis Lider verschwommen vor sich, eine Haut, die unter der Beleuchtung des New Orleans rötlich glühte, Uschi zog sich aus seinen Armen heraus, jetzt wäre ich gern mit dir allein, sagte sie wie entschuldigend, ein Satz, der Dieter stolz machte, so schnell brachten die anderen keine Frau zu solchen Äußerungen, wahrscheinlich hatten sie alle, ob Riko oder Dotz oder Peter, so einen Satz noch nie gehört, ins Ohr gewispert. Hast du jemals eine glücklich gemacht?, sagte im Sommer dieser blonde Spinner, bleich in seiner Badehose, Dieter hatte seinen Namen vergessen, aber nicht seine Gebärden, die geöffnete Hand, die Art wie er mit dem angewinkelten Unterarm auf und abwippte, als wog er etwas in der Hand, das er zugleich mit den Fingern durchknetete. Diese lächerliche, wie nebenhin gesprochene Frage, die gar keine ernsthafte Antwort an diesem Nachmittag verlangte, dazu diese rätselhafte Geste hatten Dieter so getroffen, daß sie ihm jetzt wieder ins Gedächtnis rückten; vor einem halben Jahr hatte er tatsächlich noch keine ›glücklich gemacht‹ gehabt, das hatte er sich, aber nicht dem blonden Spinner, eingestehen müssen, es war eine Leistung, die er bis dahin nicht erbracht hatte, diese Frage mußte er wegstecken wie ein Boxer einen empfindlichen Treffer. Witze fielen Dieter dazu ein, die lebensnotwendigen Bewegungen, von denen der Sportlehrer gesprochen hatte, wenn sie Liegestützen machen mußten, dabei den Hintern nicht elanvoll genug hoben oder senkten, ahja, Gekicher mit hochroten Köpfen, ein Prusten zum Nebenmann, angespanntes, mühsam verdrücktes Lachen und der Geruch nach abgetragener Wäsche, nach Schweiß, Gummimatten und Turnschuhen. Uschi hatte von alldem wahrscheinlich keine Ahnung, Frauen waren wie geboren dazu, überlistet zu werden, sie wollten immer nur schmusen, einen Freund haben, schön sein, gefallen, das wollten sie schon, aber Dieter verspürte bei ihnen nichts Zielstrebiges; die Beine öffnen und den Schwanz hineinlassen, ihn selber hineinschieben, das schien ihm etwas, worauf Frauen gar nicht aus waren, sie taten es nur, damit der Freund bei ihnen blieb, es war der Preis für die nächsten Verabredungen, für die Zuversicht, daß er auch kam und sie nicht ver-

setzte. Die Mädchen in der Schule, von denen sie vermuteten oder es gewußt hatten, daß sie schon gevögelt hatten, redeten keinen Pieps darüber, während die Jungen, die es noch nie getan hatten, und das waren beinahe alle gewesen, sich damit gebrüstet hatten, es getrieben zu haben. So schickten sie sich gegenseitig in das Rennen, setzten sich unter Druck, wogegen die Mädchen unter dem Druck der Scham lebten, der möglichen Verachtung, die sie auch von jenen Jungen befürchten mußten, die mit Fickgeschichten in der Klasse hausieren gingen.

Später, als Dieter von der Toilette zurückkam, war der Tisch leer, Uschi war aber nicht zur Toilette gegangen, hatte jedenfalls nichts gesagt, er entdeckte sie auf der Tanzfläche zwischen den aufgerichteten, kreisenden und schlingernden Körpern, schon eine Sekunde danach konnte er sich bei jenem, mit dem Uschi tanzte, die Hände auf dessen Schultern, außer an sein kurzes, nach vorn gekämmtes Haar nur an seine Brille erinnern. Uschi sah, als sie wieder im Wogen der Gestalten sichtbar wurde, zu Dieter her, sie richtete ihren Blick nach oben, das Ganze ging ihr also auf den Wecker, aber allein am Tisch fühlte sich Dieter trotz dieses Zeichens wie bloßgestellt und ausgeliefert; er fühlte sich all denen unterlegen, die mit anderen zusammen an einem Tisch saßen oder die gerade tanzten. Allein zu sein an einem Ort, wo sich alle amüsieren sollten, war eine Niederlage, öffentlich zugegeben, Uschi hatte ihn im Stich gelassen, Unmut fuhr ihm heiß ins Gesicht, als sie nach dem Stück nicht an den Tisch zurückkam, sondern weitertanzte, wohl bis die Musiker, wie immer nach drei Stücken, eine Pause einschoben, fast alle tanzten die Runde durch, diese drei Stücke.

Einer von der Band sagte jeweils den Titel an, jedoch verstand ihn Dieter nicht, als die Band das dritte Stück in einem schnellen Rhythmus spielte, schneller als die Rock'n'Roll-Lieder, die Dieter kannte, hüpften die Paare in federnden Schritten über die Tanzfläche, sie hielten sich an der Hand, zogen sich aber nicht hin und her, wie komische Vögel erschienen sie Dieter, Wiedehopfe oder sonst etwas, eine Szene wie aus Dokumentarfilmen über das Vogelreich, mit dem Teleobjektiv aufgenommene Flattermänner. Welche Verheerungen würde jetzt eine kleine Bombe anrichten, vom Eingang her in die Menge der Tanzenden geschleudert, wie das in Paris öfter passiert war oder in Afrika, in Algerien oder wo, Dieter erinnerte sich nicht genau, wußte auch nicht, worum es gegangen war oder immer noch ging, nur die Bilder waren im Kopf, zertrümmerte Straßencafés, weiße, zersplitterte Stühle und Tische zwischen Steinen, größeren Blöcken, abgedeckte Körper, Tote, Schuhe unter der Plane, und daneben stand ein Baum am Straßenrand mit einem runden Gitter auf dem Trottoir, um die Erde und die Wurzeln zu schützen.

Diese Musik, die davorn auf dem Podest in einem wippenden Rhythmus gespielt wurde, hatte keine Wucht, sie war schnell, munter, unbekümmert, aber sie war nicht rauh, nicht erotisch, keine harten Fetzen fegten dazwischen durch, das Banjo klapperte wie ein Waschbrett, hier peitschten keine elektrisch verstärkten Akkorde über den Schädel, nichts wühlte sich wummernd in die Eingeweide hinein und nichts brachte den ganzen Körper zum Vibrieren, Zittern und Stampfen. Stimmte es wirklich, daß Chuck Berry im Gefängnis saß, daß Little Richard ein Wanderprediger geworden war? Riko hatte gesagt, Little Richard habe seine Diamanten ins Meer geworfen, irgendwo in den Pazifik, um nicht von seinem Reichtum verweichlicht zu werden, keine Ahnung, wo Riko das herwußte, der las ganz einfach zu viel, ja, und sicher diese Schundhefte, das war der Deutschlehrer gewesen, Dieter grinste in sich hinein. Wenn er ihn nicht mehr hatte ertragen können, diesen strengen, sofort dreinschlagenden Kerl, stellte sich Dieter ihn vor, wie er mit einer Glatze aussehen oder wie er mit seiner schmächtigen Gestalt als Soldat gewirkt haben mußte, vollbepackt, die bauchige Feldflasche irgendwo in den Kniekehlen pendelnd, das Gewehr mit dem Bajonett hoch über seinem Kopf, in einer zu großen, verrutschten Uniform, dabei lachte Dieter grimmig in sich hinein.

Was soll das, fragte er, als Uschi endlich an den Tisch kam, er hat so gedrängelt, sagte sie, und du warst nicht da. Kann ich denn nicht einmal in Ruhe pissen gehen, sagte er, sei nicht so ordinär, sagte sie; Dieter hatte nun keine Lust mehr zu bleiben, gab aber zu, daß es lächerlich aussah, wenn sie jetzt gingen. Tanzen wollte er jedoch nicht mehr, das wäre ein leichter Triumph gegenüber dem Vortänzer gewesen, Dieter hätte dann

den letzten Tanz für sich behalten, oh baby, save the last dance for me, als ob er so etwas nötig hatte.
Sie brachen dann doch auf, an der Garderobe half Dieter Uschi nicht in den Mantel, er wollte zusehen, wie sie sich allein abmühte, nach dem Ärmel zu tasten, so konnte er sich besser vorstellen, daß sie ohne ihn nichts war trotz ihrer schönen Haare und daß er der einzige blieb, der ihr helfen konnte, nur handelte es sich dabei, den Mantel zu halten, um eine ziemlich nebensächliche Angelegenheit, das war das Problem. Immerhin stimmte es Dieter wieder zuversichtlich, als es ins Freie ging, die Stufen hoch und durch den breiten, niedrigen Hausflur hinaus auf die Straße, die Fliesen sahen sehr schmierig aus, zwei Fahrräder lehnten aneinandergekettet an der Wand, auch die Mülltonnen standen hier und ließen den Flur verwahrlost aussehen.
Draußen war es dunkel und kalt, der Himmel schien schwerer geworden zu sein; vollgesogen mit etwas, das ihn gleichmäßig schwarz färbte, hing er knapp über den Lichtern. In diesem verdammten Wind brachte Dieter Uschi nicht gern nach Hause, bis hinüber in die Oststadt war ein weiter Weg, dann sagte er aber doch schnell ja. Zwar konnte er wegen der Alten nicht mit hochkommen, die duldeten nicht, daß Uschi bereits einen Freund hatte und wenn, so wollten sie es jedenfalls nicht gesehen haben, aber vielleicht waren sie zu den Verwandten auf der Rheinau gefahren, dann kamen sie nicht vor acht zurück, sagte Uschi und Dieter sagte, probieren geht über studieren.
Die meisten Menschen waren wie sie auf dem Heimweg, Familien mit Kindern, alle auf die gleiche Weise in ihre Winterklamotten gepackt, die Hände in den Taschen und ernste Wintergesichter im November, die Abendvorstellungen in den Kinos begannen noch lange nicht.

Aufräumen

Freddi knipste das Licht an, dann ließ er sie herein. Sie traten in den sauren, beizenden Gestank der offenen Bierflaschen und kalt gewordenen Aschenbecher, Gläser standen halb voll auf den Bierfässern in der Unordnung, in der sie am Abend davor zurückgelassen worden waren, keiner hatte so spät noch aufräumen wollen. Rikos Blick erfaßte wenig Genaues, auch in der leeren Stechuhr wollte er sich nicht so ausgiebig umsehen, als wäre er nur selten hiergewesen, im trüben Licht lagen ein paar Zigarettenpackungen auf den schütteren Teppichboden verstreut, alle zerknüllt oder der Länge nach gedreht wie ausgewrungen, das Silberpapier blitzte oben heraus. Machen wir erst einmal Musik, sagte Freddi und beugte sich hinter dem niedrigen Tresen zum Plattenspieler hinab, so gemächlich wie er abends den Plattenarm auf die schwarzen Scheiben legte. Bier? Ja, sie wollten eins, ist geschenkt, sagte Freddi, vielleicht helft ihr mir, hier wieder eine Linie reinzubringen.

Sie standen unschlüssig herum, spannend war es schon, in der Stechuhr zu sein, wenn sonst niemand außer Freddi da war, für eine Stunde wenigstens bis der Betrieb losging, gehörten sie zum engsten Kreis, aber sie wollten nicht benutzt werden, dieses Gefühl wollten sie nicht auch noch hier unten bekommen, die Stechuhr blieb doch einer der wenigen Orte, wo sie es überhaupt loswerden konnten. Bereit anzupacken waren sie, und um Schwerarbeit ging es auch nicht, jedoch war die Überraschung über Freddis Freundlichkeit geschwunden, darüber, daß er vor dem Kino auf sie gewartet hatte wie auf alte Bekannte.

Nur ein paar Flaschen zusammentragen, sagte Freddi, den Rest wollte er selber machen, und er schritt durch das graue Licht im Raum, öffnete das Kellerfenster oben an der hinteren Wand, ein Schwall kalter Luft brach in die Stechuhr ein, am besten sie ließen die Mäntel noch eine Weile an. Der dunkle Schal, der Freddi fast bis zu den Knien reichte, störte ihn, sobald er sich nach den Gläsern bückte, warf er die beiden Enden über die Schulter zurück, aber sie rutschten immer wieder nach vorn.

Sie trugen jetzt auch ein paar Flaschen zusammen, so nebenbei und während sie sich unterhielten, das Ganze sollte nicht wie Arbeit aussehen, Jochen war nach dem Film gleich zum Goldenen Krug gegangen, Dotz wollte wissen warum, weil er, glaube ich, Charly dort treffen wollte, außerdem kam ja Dieter wahrscheinlich auch direkt dahin. Schließlich fragten sie Freddi dies und das, ob er den Job allein machte, in welcher Folge er von den anderen abgewechselt wurde, ob er und die anderen mit den Einnahmen so hinkamen. Tatsächlich war Freddi öfter als die anderen hier unten, in der letzten Zeit saß er beinahe jeden Abend hinter dem Tresen, die anderen tauchten nur sporadisch auf, aber das machte Freddi nichts aus, im Gegenteil, er wäre ja so oder so hier, und es sprang schon etwas für ihn heraus, wenn er Aufgaben von anderen übernahm. Außerdem kam es ihm gar nicht auf die paar Mark an, nach der Plackerei im Möbellager wollte er einfach unter Leuten sein, nur Sofas und Schränke schleppen, das war auf die Dauer nichts, das machte ihn ja langsam blöde.
Dotz hakte nach, also gut, sagte Freddi und rieb Daumen und Zeigefinger aneinander, das hier ist natürlich nicht zu verachten. Er wollte im Frühjahr noch einmal eine Lehre beginnen, die erste hatte er abgebrochen, Dreher, das hatte ihm nicht gepaßt, dieses frühe Aufstehen, Fabrikhallen waren ihm zu groß und zu laut, jetzt wollte er auf Dekorateur machen, vielleicht konnte er später auch als Innenarchitekt arbeiten wie sein Freund Wolfgang, der stattete heute schon Kneipen aus, fing mit Stallaternen und Wagenrädern an den Wänden an. Solche Lokale hatten Atmosphäre und waren trotzdem modern, da gingen die Leute jetzt hin, die Stechuhr hatten sie schließlich auch ohne einen Vollprofi hergerichtet, sie hatten sogar alle baupolizeilichen Auflagen eingehalten.
Und was macht ihr? Dotz jobte im Augenblick so herum, Hilfsbolzen letztlich, die anderen waren Lehrlinge. Schon lange? Unterschiedlich; Peter hier schon im dritten, aber nicht als Jagdflieger. Jagdflieger? Sie lachten, na, so eben, er hatte einmal Jagdflieger werden wollen, jetzt drückte er den Posten in einer Spedition, konnte vom Fenster aus auf das Wasser schauen, auf einen schmutzigen Seitenarm im Hafen, auf die schwimmenden Ölschlieren, das war es in der Hauptsache.

Wen wolltest du jagen? fragte Freddi, und Peter wurde verlegen, was heißt jagen, sagte er, nicht unbedingt jagen. Haben die überhaupt Flugzeuge bei der Bundeswehr oder mußt du da nicht deine eigenen Flügel mitbringen? Die Seemänner mußten auch ihre Badesachen dabei haben und schwimmen können, weil es so wenig Schiffe gab, ein paar Aufklärer, ein Minensuchboot soll schon das Äußerste sein, was bei denen im Stall steht. Im Stall? Sie grinsten, Peter fragte Freddi, wann wirst denn du einberufen?, die Aschenbecher klirrten dumpf gegeneinander, ein Geräusch mit einem genauen Rand, ohne Beben, ohne Zittern, deswegen beginne ich doch die Lehre, wenn mein Jahrgang erst einmal durch ist, bin ich für die vergessen. Freddi kippte die Abfälle in einen blechernen Eimer, der einmal Essiggurken transportiert hatte, er schlug die Aschenbecher gegen den Rand, die Asche rieselte raschelnd zwischen den anderen Dreck, das Papier, Staub und Sand, Riko stand herum, wiegte sich in seiner Unentschiedenheit, wollte dann aber doch nichts weiter mehr tun und holte seine Bierflasche, er hatte sie auf einem Faß abgestellt. Und wenn er nicht durchkam, wenn sie Freddi doch noch am Schlawittchen kriegten?
Mir fällt schon was ein, sagte Freddi, er ginge nach Berlin oder auch ins Ausland, Frankreich, Paris, war sowieso alles besser als hier. Ob sie schon einmal in Paris waren? Nein, noch nie, keiner von ihnen, aber es mußte schon eine tolle Stadt sein, schöne Frauen und scharf, stimmte das? Und ob, sagte Freddi, in den Jazzkellern von Saint Germain, da sind sie, doch du kommst nicht ran, wenn du kein Französisch kannst. Es gibt aber noch genügend Touristinnen, ausländische Studentinnen oder einfacher noch Haushaltshilfen, so eine Art Dienst- und Kindermädchen, Schwedinnen, Engländerinnen, was halt so alles herumläuft; die sind zugänglich.
Freddi war nicht lange in Paris gewesen, wie er einräumte, zweimal jeweils für ein paar Tage, aber Typen hatte er dort kennengelernt, so Gammler, was? Gammler, nicht bloß die alten Clochards, junge Typen, die den ganzen Tag am Seine-Ufer herumhingen, in die Sonne blinzelten, ihre Zigaretten selber drehten und gescheit daherredeten, Philosophen, Existenzialisten in schwarzen Hosen, schwarzen Pullovern und Jacken. Wenn es auf den Sommer zuging, trampten sie in den

Süden, an die Côte d'Azur, hinüber nach Italien, Korsika, oder weiter nach Spanien; zum Beispiel kannst du die Weinernte mitmachen, die beginnt ganz unten im Süden und zieht dann langsam hoch bis ins Elsaß, die Trauben werden später reif, je nördlicher sie wachsen. Du kriegst jeden Abend deinen Rausch umsonst, und mit dem Geld bleibst du dann den Winter über in Paris, du brauchst ja nicht viel, schläfst im Popov, einer Kneipe in der Nähe vom Place Saint Michel im Existenzialistenviertel, da kannst du den ganzen Tag und die halbe Nacht sitzen und dir den Arsch aufwärmen. Die schlechte Luft, der Qualm macht dich schläfrig, du döst im Sitzen vor dich hin, entschuldigst dich kurz, falls dir der Speichel im Schlaf auf die Tischplatte getropft ist, und wenn du wieder richtig wach bist, schnorrst du dir eine Zigarette oder einen Kaffee, so einen schwarzen, französischen. Es sind da immer genug Touristen dazwischen, die so jemanden wie dich kennenlernen wollen und gern spendieren, es ist *das* Leben, sag ich euch, ihr seid keinem etwas schuldig, keiner hat euch was zu sagen.
Freddi erzählte dies alles mit einem Gleichmut, als gäbe es nichts Gewöhnlicheres, als wäre das immer schon die normale Art gewesen, seine Tage sinnvoll anzulegen. Riko nahm einen Schluck Bier, die anderen gingen noch durch die Räume, leere Flaschen im Arm, ihre Schuhe scharrten über den Teppich, die Flaschen klapperten, die Pendeltür knarrte; wenn sie auf oder zuschlug, patschte sie einen Block Luft von einem Raum in den anderen, keiner kümmerte sich darum, daß die Platte abgelaufen war, obwohl sie das Knistern, das sanfte Knacken in den Boxen hörten. Freddi stellte ein Tablett mit schmutzigen Gläsern zusammen und trug eine Plastikschüssel hinaus zur Spüle, in das Verließ, wo die Pißkabine stand. Paris, Paris, sagte Peter und boxte Riko in die Seite, eine Flasche Rotwein und Stück Käse jeden Tag, damit konnte man doch durchkommen.

Wohin? sagte Dotz, nirgendwohin, sagte Peter, einfach so, etwas erleben. Für nichts und wieder nichts? fragte Dotz. Freddi kam mit der Schüssel zurück, das Spülwasser schaukelte, er stellte die Schüssel auf dem Tresen ab, bückte sich zum Plattenteller und wechselte die Platte aus, ihr habt doch nichts dagegen, sagte er, als der weiche, belegte Ton einer Trompete ein-

setzte, nein, sie hatten nichts gegen modernen Jazz, Miles Davis, sagte Freddi, Round about Midnight, schon gut fünf Jahre alt, aber es gehört dazu, wenn man über Paris spricht.
Vorläufig sagten sie jedoch gar nichts mehr, was konnte ihnen zu Paris denn noch einfallen, sie dachten an die Frauen, an die Nachtclubs, die Straßencafés, wo man auch inmitten einer Millionenstadt im Freien sitzen konnte, sie dachten an die Striptease-Bars auf dem Montmartre, Pigalle hieß die berühmteste, oder nicht? Riko kam sich ertappt vor, hier ging es um etwas, wozu er nicht einmal sinnvolle Fragen stellen konnte, aber wie überlebten denn die?, fragte er schließlich doch, mit dem Geld von der Weinernte kamen sie nicht über den Winter. Waren das nicht wieder bloß die Söhne reicher Väter, die sich so, das Bankkonto im Genick, ein schräges Jahr machten und sich doch immer absetzen konnten, bevor der Wind durch die Löcher in den Socken pfiff? Die konnten doch alle studieren, sich irgendwann auf die großen Posten schwingen und sich vormachen, was für tolle Burschen sie in ihrer Jugend gewesen waren, gab das nicht einen Pluspunkt ab, wenn sie ein Jahr gegammelt hatten?
So genau hatte Freddi das nicht genommen, und es war ihm auch egal, wenn er immer erst fragen wollte, wer woher kam und eines Tags wohin ging! Er machte sich ja auch eine lockere Zeit, kroch zwischen den Möbeln herum, was kein leichter Job und doch nicht ernstzunehmen war, er wollte schließlich auch noch etwas anderes machen. In diesem Lager blieb er nicht hängen, im Gegenteil, nächstes Frühjahr machte er die Flatter, falls sie ihn nicht schon im Dezember auf die Straße setzten, kurz vor Weihnachten, nachdem das Geschäft gelaufen war und es bloß noch darum ging, ein paar bezahlte Feiertage einzusparen. Letztes Jahr hatten sie zwei Tage vor Weihnachten einen Arbeiter entlassen, fristlos, den ältesten unter ihnen, den zuverlässigsten, der hatte während der Arbeitszeit kaum ein Wort geredet, ich habe mich immer darum gedrückt, mit ihm etwas zusammenzumachen, das Lager umzustellen oder sowas; er war der sturste Bock im Laden, dachte an gar nichts anderes als daran, den Aufträgen nachzukommen, die der Chef ausgegeben hatte. Unsympathisch war er deswegen nicht, eher zu ruhig, zu bescheiden, über fünfzig halt, Arbeiter in diesem Alter

ließen sich zu viel gefallen, die waren noch das dritte Reich gewöhnt.

Immer noch besser als im Krankenhaus liegen, sagte Dotz dazwischen, er hatte aufgehört zu helfen, drückte sich im Raum herum, Freddi schwenkte die Gläser unverdrossen durch das Wasser, es gab nichts weiter mehr zu tun. Der Baß und das Schlagzeug trieben jetzt locker swingend vorwärts, sie hüpften, schaukelten das heisere, in sich verschlossene Trompetenspiel, machten es leichter, hoben es an, so daß es über die Harmonien glitt, wie ein schwach geneigter, ein wenig trüber Bach, auf dem das Mondlicht blitzte, über Steine, Algen und leere Konservendosen davonfloß.

Jaja, lieber reich und gesund als arm und krank, sagte Freddi abwesend, nahm die Hände aus dem Spülwasser, ließ sie abtropfen, er schlenkerte das Wasser zurück in die Schüssel, wo die Tropfen mit einem feinen, plirrenden Geräusch auf die Wasseroberfläche prallten, Riko stand so nahe dabei, daß er es trotz der Musik hörte. Einen Job im Möbellager kriegt man immer, sagte Peter, aber nicht vor Weihnachten, sagte Freddi, die bezahlten Feiertage sind futsch, was glaubst du, was die Alte dazu sagt? Außerdem ist es überhaupt nicht lustig, Weihnachten als Arbeitsloser zu verbringen, dieser Braten schmeckt nicht.

Er kann ja unter die Weihnachtsengel gehen, sagte Dotz, du hast einen Humor, sagte Freddi, hat er nichts unternommen? fragte Riko. Nein, sagte Freddi, und die anderen haben auch nichts gemacht. Er war an diesem Tag nicht draußen gewesen, ausgerechnet an diesem Tag hatte er im Hauptlager ausgeholfen, gleich hinter dem Universum, diesem Kino, wo noch letztes Jahr ein Organist die Orgel spielte, während die Reklamedias gezeigt wurden; am nächsten Tag war der Mann weggewesen, das hat mir leid getan, der wird auch nicht zum Arbeitsgericht gegangen sein, der nicht. Den müßten sie sich vorstellen, so mit billigen, breitgetretenen Arbeitsschuhen, die wahrscheinlich gar nichts ausgehalten hätten, wie halb aus Pappe sahen die aus, aber wenn ihm ein Sofa auf den Fuß kippte, verzog er sowieso keine Miene, der brummelte nur schwerfällig etwas vor sich hin und sah den anderen beleidigt an, sagte aber weiter nichts und trottete voraus, das Sofa im

Rücken. Eine alte dunkle Flanellhose waberte um die Beine, darüber trug er eine viel zu kleine Weste, wodurch er beinahe wie ein Schuljunge aussah, nein, der war wirklich nicht richtig groß geworden, immer irgendwie gedrückt, war er schließlich gedrückt geblieben, der zog auch keinen Blauen an, das Geld sparte er.

Freddi nahm die Schüssel hoch und trug sie vorsichtig hinaus, sie standen im Raum, hatten immer noch die Mäntel an. So leer, dazu im Licht aller einschaltbaren Lampen, unter dem steten Strom der abendlichen Luft durch das Kellerfenster war die Stechuhr zum Gegenbild einer Behausung geworden, ein farbloses, muffig kaltes Loch, aber doch ein Stück von ihnen. Riko wehrte sich dagegen, daß dieser Ort ihm fremd zu werden drohte wie manchmal die eigene Wohnung, sobald er spät nach Hause kam und möglichst zügig, möglichst leise sich in sein Zimmer tasten mußte. Die Bilder des Films, den sie vor einer Stunde gesehen hatten, verblaßten und schwammen davon, sie lösten sich in den hinteren Räumen des Gedächtnisses auf, Muff lag auf irgendeinem Zimmer in der Intensivstation oder man hatte ihn auf einem weißen Eisenbett über den glatt gebohnerten Flur irgendwo anders hingeschoben, durch den Geruch nach Äther und Arzneimitteln, und es ging ihm besser oder noch genauso wie gestern, der Sonntag war vorbei, nicht zuende, aber was passieren konnte, war geschehen. Hier unten würden sie nicht allzu lange bleiben, sonntagabends war die Stimmung schwach, ob die Metro-Stationen in Paris ähnlich trostlos aussahen? Zumindest hatte Riko gehört, daß etliche ganz ohne Glanz waren, dreckig und verstaubt, die Wände zerschunden, der Verputz von irgendeiner Farbe, für die sich schon seit langem niemand mehr verantwortlich fühlte, irgendwo in den schäbigeren Vierteln, die auf den Fotos so romantisch wirkten, während die anderen Stationen, solche in der Nähe der Champs-Elysées, bestimmt anders aussahen, mit Glasvitrinen und sauber ausgestrahlten Schaufenstern, mit Fußböden aus glattem, marmorähnlichem Stein, mit exquisiten Reklametafeln und gekachelten Wänden, die regelmäßig nachgewienert wurden. Nun war Riko so weit, daß ihm der plötzliche Gedanke an Karin nicht mehr lästig erschien, im Augenblick wäre sie ihm lieber als nichts gewesen,

aber hätte er mit ihr hier in der Stechuhr sein wollen? Bestimmt war Dieter mit Uschi unterwegs, verbrachte mit ihr einen Sonntag wie in Watte gepackt, spürte Nähe, die Riko bei Karin gerade noch erahnen konnte; daran änderte Muffs Unfall sicher wenig, im Gegenteil, er führte Dieter und Uschi noch enger zueinander, jetzt hatten sie etwas, womit sie zusammen fertigwerden konnten. War Karin aber hier, würde Riko sich ihrem Interesse an ihm ausgesetzt fühlen, nichts mehr käme ihm dann selbstverständlich vor, noch die Art, wie er die Bierflasche hielt, müßte er überprüfen; so würde er zu jemand werden, der er vielleicht gar nicht sein wollte, auch wenn ihn das näher zu all den anderen brachte, die heute noch in die Stechuhr kamen. Er wäre dann nicht bloß hiergesessen, um vor allem woanders als zu Hause zu sein, er hätte einen Grund gehabt, einen offenbaren Anlaß für seine Offenheit und Aufmerksamkeit den anderen und sich selber gegenüber. Und sicher wäre ihm unter Karins Blicken noch alles gelungen, hätte er noch alles tun können, was ihm einfiel, einen Schnaps zum Bier bestellen, tanzen oder sich wenigstens in den Hüften wiegen, sich in die ersten Takte eines Liedes hängen, während er beim Tresen stand oder auch mit Karin auf der Bank an der Wand saß, den Oberkörper etwas nach vorn gebeugt und mit den Schultern im Rhythmus rudernd. Karin gegenüber hätte er dies noch tun können, ohne zu bedenken, ob er es nur machte, weil er bei ihr Eindruck schinden wollte, zu wenig hing von ihr ab, ihretwegen wäre er nicht so unsicher geworden, daß er sich jeden Satz bis zum Ende im Kopf zurechtgelegt hätte.
Geld ja, hörte Riko Freddi sagen, als er durch den Raum ging und das Oberfenster schloß, aber ich möchte gar nicht reich sein, Freddi ärgerten die Reichen und noch mehr die Neureichen, sie erlaubten sich alles und dachten an nichts, sagte er, existenzielle Zweifel kannten die nicht. Kalk rieselte die grob verputzte Schräge unter dem Fenster hinunter, nachdem Freddi zurücktrat, dort oben hatte niemand Ölfarbe darüber gestrichen, anlehnen konnte sich da ohnehin keiner.
Überhaupt sahen die Wände im Licht gar nicht so sorgfältig gestrichen aus wie im Halbdunkel der Lampen zum Schwofen, helle aufgesprungene Stellen gab es, Schmarren, wo jemand dagegengetreten hatte beim Tanzen oder einfach aus

Wut, Kratzspuren zogen dünn die Wand entlang, Farbe war geplatzt, eingeritzte Zeichen, ein paar Namen, Herzchen sogar, das übliche eben, das, was kaum einen betraf und auch nicht viel besagte, allein sein wollte letztlich keiner. Riko aber dachte daran, mehr zurückzulassen als Initialen an der Wand, die amtlichen Zeichen abgekürzt, die kleinen privaten Korrekturen, Riko statt Richard; zwar fühlte er sich noch wie in einer Höhle verborgen, jedoch war er bis zum nächsten Morgen längst entdeckt und hinausgetrieben, er trieb doch schon jetzt auf etwas Unweigerliches zu, auf die kommende Woche im Betrieb.

In zwölf Stunden schob er wieder das Fahrrad unter das verrostete Blechdach auf dem Parkplatz, sah hinüber zum Verwaltungsgebäude mit seiner grauen, einförmigen Fassade, den Glastüren und der Pförtnerloge aus Glas, schäbig wie ein Nierentisch. Um diese Zeit stand der Pförtner in seiner ebenfalls grauen Uniform, warum war denn alles grau?, hinter dem Glas, die Arme auf dem Rücken verschränkt, unter den schon immer grauen, gewellten Haaren ein Gesicht von jener übertriebenen Röte, die von der jahrelangen Arbeit in der Gießerei in Hitze und staubiger Luft herrührte, im Geruch des gebrannten Sandes, den er und die anderen Arbeiter von den abgekühlten Formen klopften, bis der Pförtner schließlich, wie es hieß, von der Direktion übernommen worden war. Warum sie gerade ihn und keinen anderen gewählt hatten und was mit den vielen anderen Arbeitern geschah, wußte Riko nicht, wollte es auch nicht ahnen. Unter den Lehrlingen ging das Gerücht um, daß im Lauf der Jahre immer wieder einmal ein Arbeiter in einen der Kessel voll glühendem, flüssigem Eisen gestürzt war, und weil dabei nichts mehr von ihm übriggeblieben war, hatte man den Kesselinhalt erkalten lassen und, mit dem Namen des Arbeiters versehen, irgendwo in den Hof zu den anderen gestellt, zu jenen Grabsteinen aus kaltem Eisen, in die sich die Toten verschmolzen hatten. Gesehen hatte Riko diese Blöcke nie, vielleicht gab es sie gar nicht, die Vorstellung davon gab es bestimmt. Der Pförtner mußte es wissen, aber Riko fragte ihn nicht, wenn er mit seiner heiseren, von den Gießereidämpfen zerstörten Stimme die Passierscheine verlangte, sobald Riko und die anderen Lehrlinge noch vor

der Frühstückspause zum Einkaufen wieder aus dem Gebäude mußten. Im Sommer bedeutete das eine kurze Erlösung auf Zeit, eine Galgenfrist, bevor sie endgültig für den Rest des Tages in den Bürozellen verschwanden, aufgesogen von den engen Räumen zwischen Büroschränken, Bürotüren, Karteikästen, zwischen asthmatisch rasselnden Rechenmaschinen, knatternden Schreibmaschinen, zwischen vertrockneten Aktenordnern und aufgeschichteten Rechnungskopien zum Sortieren. Das gesamte Haus war doch nur dazu gebaut, all diese Dinge unterzubringen und die Menschen dazwischen sich so zweckmäßig wie möglich bewegen zu lassen, sie durften gerade noch die Blumen auf den Fensterbänken gießen, diese jämmerlichen, hochgezüchteten Reste von Natur und ihr Ersatz zugleich, es fehlte bloß noch das Namensschild, so wie es auf den Akten in den Karteikästen angebracht war, der Reiter mit den Buchstaben auf den Rand des Blumentopfs gesteckt und dann die Blumen im Alphabet hintereinander gestellt und aufgepaßt, daß die Lehrlinge nichts durcheinanderbrachten, wenn sie die Blumen gossen, o geheiligtes Alphabet, ewig währende Abfolge der schriftlichen Zeichen!
Das will ich nicht mehr lange aushalten, Riko hörte den Wörtern nach, die Freddi gesagt hatte, existenzielle Zweifel, das waren doch endlich die richtigen Wörter, um all das zu umfassen, was er dachte und fühlte, wie ihm zumute war seit einem Jahr oder länger, noch in der Schule hatte das begonnen, in den letzten Wochen vor ihrer Entlassung, als ihn nichts mehr dort hielt und er sehnsüchtig die breiten Treppen hinunter nach Hause stürzte, sobald der Unterricht vorbei war, einmal mußte die Schule doch für immer aus sein! Existenzielle Zweifel, von den Großen am Platz hatte er solche Wörter noch nie gehört, denen war es immer um Titten und Votzen gegangen, um Löcher wie Museimer, und dann stellten sie sich über ihre Vespas, kippten sie nach vorn, so daß der Stützbügel unten gegen das Fußbrett knallte, traten den schlanken Starthebel herunter, einmal, zweimal, drehten das Gas auf und schwirrten ab. Mehr war da nicht. Und wenn sie allmählich brav wurden, bequem und spießig, wenn Riko inzwischen den Roten Charly sonntags in einem beigen Wildledermantel über die Planken gehen gesehen hatte, gemächlich an den Schau-

fenstern entlang, nachdem er vor drei Jahren einer der Kings gewesen war, als sie die Stühle im Capitol zertrümmerten, während Rock Around The Clock ablief, wenn Riko all diese Großen jetzt mit ihren festen Freundinnen sah, Gunter immer noch in den engen Röhrenhosen, immer noch die Kotteletten, aber das schwarze Lederzeug war schon weg, wenn die den anderen Familienvätern, den sogenannten verantwortungsbewußten jungen Männern immer ähnlicher wurden, hatte es dann noch einen Sinn, selber zu rebellieren, zu schreien, die Musik aufzudrehen, Little Richards Lucille, konnte da noch etwas anderes herauskommen?

Oder war es nicht besser alleinzubleiben, für sich mit seinen Gedanken, ein Eigenbrötler meinetwegen, daran nicht weiter teilnehmen zu wollen, innerlich jedenfalls, in der Lehre nicht und nicht zu Hause? Riko machte doch immer irgendwo mit, war doch immer irgendwo drin, in der Clique am Platz, im Verein, zweite Mannschaft diese Saison, erste Mannschaft nächstes Jahr, in der Berufsschule, in der Verkaufsabteilung, im Bus auf dem Betriebsausflug, die Lehrlinge saßen hinten und sangen Wir versaufen unser Oma ihr klein Häuschen, im Würfelspiel, im Großen Saal des Rosengartens an Fasching, in der Menge nach Feierabend, im Vereinshaus, im Landschulheim früher, in der Heimat, im Staat, wer oder was war denn das überhaupt?

Aber wie kam Riko hier heraus aus allem, und gab es überhaupt ein Draußen? Einmal hatte er beschlossen, mit niemandem mehr als das Nötigste zu reden, am Küchentisch hatte er an die weiten Prärien gedacht, an die strohigen, verdorrten Gräser, einzelne Bäume, alleinstehend, wenig befahrene Eisenbahnschienen, quer durch das Land gelegt, in den gelben Himmel hinein, und dann war er schon am nächsten Morgen auf dem Schulweg an der Ecke stehengeblieben, als er Dieter kommen sah. An dieser Ecke hatte er immer angehalten, um zu warten, sobald er Dieter entdeckte, im diesigen Licht eines Sommermorgens die Mietshäuser entlangzuckelnd oder schemenhaft im blauen Schatten eines Wintermorgens, Reif auf den Autodächern und kalte Werbeplakate der Illustrierten und Fernsehzeitungen, vor der Tür des Schreibwarengeschäfts auf eine weiße Holztafel gepinnt.

Die andern hatten sich weiter unterhalten, plapp, plapp, nichts Wichtiges mehr, ein paar Sätze nur hatten sie noch gewechselt, während sie so herumstanden und auf die Leute warteten, neue Leute, die ankamen und allen die Gelegenheit gaben, aus dem Kreis herauszutreten, unbeachtet zu werden, sich zu lockern. Die Arbeit war getan, der Laden aufgeräumt und bereit, die Sonntagabendstimmung aufzusaugen, die Sätze, die ihre Handgriffe begleitet hatten, die genaueren, waren versiegt. Jetzt bewegte sich das Gespräch auf verlegene Pausen zu, weg von den Äußerungen, die vorhin beim Aufräumen halfen, daß sie mehr von einander erfuhren; Freddi war nun nicht mehr nur der Kerl, der die Platten auflegte, der den Laden in der Hand hatte, die Stimmung durch die Auswahl der Platten steuerte, durch die Art, wie er auf diejenigen reagierte, die um seinen Tresen standen oder bloß kurz auftauchten, um ein paar Flaschen Irgendwas für ihre Ecke mitzunehmen. Nun kannten sie Freddi besser, wußten mehr damit anzufangen, daß er im Zentrum jenes Ortes stand, von dem aus die Wellen in die beiden Räume der Stechuhr plätscherten, Redewellen, Hitzewellen, Wellen von Gelächter, von Anspielungen, Wellen, die auch in den kleinen Nebenraum hinüberwogten, wo die Zocker saßen, verstärkt durch die Wellen der tanzenden Körper, dumpf im rauchigen Rhythmus der Lieder, der alten abgeschabten Rock'n'Rollplatten oder der neueren, geglätteten Songs, so perfekt gebaut, daß man oft nicht mehr wußte, warum die überhaupt sangen, die unreifen Jungenstimmen und die Schubidu-Chöre amerikanischer Girls, dazwischen ein Baß, hohl und warm, domm domm, hang down your head, Tom Dooley, hang down your head and cry, eine Zeitlang hatte Dotz dieses Lied jeden Morgen auf dem AFN gehört, dem Amisender, sagte sein Alter.

Bevor dieses Lied nicht gesendet wurde, war Dotz gar nicht aus dem Haus gegangen, er hatte öfter riskiert, zu spät zu kommen, denn gespielt wurde es auf jeden Fall in der Musiksendung zwischen sieben und acht. Tom Dooley, trauriges Lieblingslied, letzter Gruß für den zum Tod Verurteilten, Muff hatte das Lied auch gefallen, allen hatte es gefallen, sie pfiffen es auf dem Schulweg, eine Erkennungsmelodie wie ein, zwei Jahre davor der River-Kwai-Marsch, der so leicht zu pfeifen war, jeder konnte den im Nu nachpfeifen, das war nichts gegen Tom Dooley, o well now, boy! Muff, wo hing dein Kopf jetzt, in welche Gipskonstruktionen war er gezwängt, damit er nicht hin- und herwackelte wie früher ein Milchzahn an einer letzten Faser Fleisch, der mit der Zungenspitze umgebogen werden konnte: Muffs Kopf an einer letzten Faser, das Rückgrat durchgebrochen, aber nein, damit wäre es gleich aus gewesen, aus und vorbei, das Rennen gelaufen, vorzeitig ausgeschieden, nicht lange mitgehalten, in die Kabine zurückgeschickt.

In der Schule hatten sie einmal eine Wortfeldübung zu Sterben schreiben müssen, und Dotz war nicht viel eingefallen, er machte das überhaupt nicht gern, Wörter sammeln, wo kamen die her? Nicht aus seinem Kopf! Dieses Mal hatte er seinen Vater gefragt, der war ja im Krieg gewesen, hatte doch viele sterben gesehen, der mußte doch Wörter für so etwas haben, und dann fluteten sie auch schon hervor, abkratzen, verrecken, abkotzen, zum letzten Mal gepißt, zum letzten Mal gefurzt, geschissen haben, bösartige Wörter, blöde Wörter, bombastische Wörter. Dotz hatte sie alle in der Klasse vorgelesen, so deutlich, heiser und laut hatte er nie etwas vorgetragen, verpißt, einen Engel, die Fliege gemacht, ausgeschissen, ja ausgeschissen, Herr Lehrer, das war die Rache. Und der Lehrer, dieser kleine, jähzornige Kerl mußte gleichmütig bleiben, mußte sogar loben, es war ja Dotz' Aufgabe gewesen, hier bitte, Wortschatz prüfen, Wörterschätze vergrößern, die Zeit war abgelaufen, war es natürlich nicht, die Schule blieb, das Licht war ausgeblasen, und leuchtete weiter, wie gesagt, von Clouzot gibt es noch einen wichtigen Film, Die Teuflischen, sagte Freddi, ihr Wichser, euer Licht ist noch an, schrie Dotz und schleuderte die Bierflasche nach der Leuchte über dem Tresen, einer halb abgedunkelten Schale, über die Birne gestülpt, die das Licht nur nahe an der Wand unter dem Rand der Bedeckung hindurchkriechen ließ; wie auf den Verputz gemalt, sah das aus.

Die Flasche traf niemand, sie zerbarst an der Wand, die Scherben knallten krachend auf den Kühlschrank, spritzten auf den Boden; ihr, ihr, brüllte Dotz, die Wörter kamen ihm nicht schnell genug, ihr sitzt hier herum und schwätzt! schrie er, und als er mit dem Fuß das Faß kippte, auf dem nur ein sauber gewaschener Aschenbecher stand, eine Flasche mit einer aufgesteckten Kerze, deren erstarrte Rinnsale aus Wachs den Hals und den Bauch bedeckten, war Freddi bei ihm, schubste ihn auf die Bank. Vorsichtig, Freundchen, sagte er, was'n los, Dotz, riefen Peter, Riko, kein Freundchen! schrie Dotz, wand sich hoch und griff nach Freddi, der aber sofort die Arme um ihn legte und ihn zur Tür drängte. Dotz stemmte sich gegen Freddis Körper, wurde jedoch weggeschoben, der blamiert uns, helft mir doch! brüllte Dotz, ruhig bleiben, sagte Freddi, die Tür prallte nach außen, Peter und Riko kamen hinterher, das Erschrecken über den Wutanfall von Dotz blockte jeden Gedanken ab, aber draußen, als Dotz, von Freddi weitergestoßen, auf die Stufen der Kellertreppe stürzte, war Riko bei ihm, hielt ihn, bremste seinen Versuch ab, sich sofort wieder aufzurichten, zu stellen, während Peter sich zu Freddi wandte, alles halb so schlimm, sagte und sich Freddi in den Weg stellte, aber der wollte gar nicht weiter, der wollte nur, daß die beiden sich jetzt selber um ihren Freund kümmerten, die kannten ihn doch, wußten, was mit ihm los war und konnten ihn vielleicht beruhigen.

Und tatsächlich gab Dotz nach, wurde weich und gefügig, Riko spürte, wie sich dessen Körper entspannte, dann rollte eine zitternde Welle durch ihn hindurch, Dotz fühlte sich wieder zurückgeholt, wie von elektrischen Schlägen ins Licht getrieben. Freddi konnte doch nichts dafür, daß es Muff ins Feld gefegt hatte, sagte Riko, du Arschloch, sagte Dotz, konnte denn jemand so blöd sein wie Riko und nichts kapieren? Ein Freund von Muff, und jetzt ging er hier dazwischen, hielt zu diesem Klugschwätzer, der Dekorateur werden wollte, Künstler oder sowas, weiche Stofflappen um die Schuhe gebunden, der im weißen Kittel zur Mittagspause in den Cafés der Innenstadt sitzen wollte, einen Teebeutel auf dem Löffel ausdrücken, der mit den Dekorateusen flirten wollte. Das hatte mit Muff nichts zu tun, und Riko hatte nichts mit ihm zu tun, niemand hatte mit Muff zu tun, die Stadt, das Land, das Weltall, der in sich gekrümmte Raum auch nicht, Physikstunden, allgemeine Bildungsstunde, Fragen durften, mußten gestellt werden, alles gegen Muff gekrümmt, das Leben ein lauwarmer Brei, ein Sirup, der sich über Muff hinwegwälzte.

Alle wälzten sich darin mit, um selber obenzubleiben, nicht abzusacken, und allen kam es doch nur darauf an, Luft zu kriegen, die Bewegung mitzumachen, der Strömung zu folgen, mitzutreiben im Gewoge der Einkaufsstraßen, Kaufhausetagen, Verwaltungsflügel, Geschäftszentren. Nur Muff war ausgeschert, lag hilflos herum, schrie lautlos nach Hilfe, weinte ohne Tränen um Genesung, wollte wieder zurück sein, am Platz, ganz bestimmt wollte er das, wollte doch nicht um diesen Preis sich von ihnen absondern, wollte vielmehr dabei sein und mußte doch ahnen, daß sie ihm nicht helfen konnten. Riko konnte es schon gar nicht, half dem anderen, Dieter trieb sich irgendwo mit Muffs Freundin herum, hatte sie ihm ausgespannt und gab sie ihm nicht wieder zurück, das war sowieso gegen alle Abmachungen gewesen, selbst wenn sie nie ausdrücklich etwas, irgendetwas abgemacht hatten, auch so wußte das jeder, auch so war es gegen alles, was sie bisher gemeinsam getan hatten, wie Dieter ihn an den Haaren gerissen hatte, vom Boden hochgezogen, vom Kiesweg hinten im Park, als Dotz längst unterlegen war, längst aufgegeben hatte.

Sollen wir gehen? fragte Peter, warum? fragte Riko, ich gehe, sagte Dotz. Von oben näherten sich Stimmen, die ersten Besucher tauchten im Rahmen der aufgeschobenen Kellertür auf, na also, rief Freddi ihnen zu, klärt es unter euch ab, sagte er zu Riko, ich muß rein.

Das Hallo begann, wie üblich das war! Freddi dirigierte die Neuen vor sich her, zwei Paare, die an ihnen vorbeischauten, als spürten sie irgendetwas, dem sie sich nicht aussetzen wollten, die Paare wollten nicht hinter ihren Blicken her in etwas hineingezogen werden. Ich hole nur meinen Mantel, sagte Dotz, er sah blaß und betreten aus, gerade weil er sich nichts anmerken lassen wollte, er ging den Paaren hinterher, Peter und Riko folgten, Dotz nahm den Mantel von der Bank, Peter hatte seinen sowieso anbehalten, auch nachdem Freddi das Fenster geschlossen hatte, Riko zögerte, fühlte sich überrumpelt von Dotz. Hatte der Angriff nicht auch ihm gegolten, sollte er da nachgeben, wo sie doch bisher nie so früh gegangen waren, nicht wenn es erst losging, wenn sie die ersten gewesen waren und wenn sie noch gar nicht darüber beraten hatten, wie lange sie überhaupt bleiben wollten. Dotz hatte durchgedreht, war aber wieder ruhiger geworden, wegen ihm ging Riko nicht, obwohl es ihn reizte, von Dotz mehr über seinen Auftritt zu erfahren, im Goldenen Krug bei zwei, drei Bieren; aber Dieter konnte noch eintrudeln, und mit Freddi konnte er noch reden, solange es nicht voller wurde. Eine Unterhaltung war nun möglich, mehr Worte darüber, was sie so taten und dachten, weitere Nachrichten aus Paris, Hinweise und Geheimtips, Riko wollte auch alles erklären, den Zustand von Dotz, Muffs Unglück, Dotz' Handlung, bevor das Ganze für Freddi ein undeutlicher Vorfall geworden war, flackernd, flimmernd, ein mattes Leuchten, auf das er irgendwann stieß, wenn er über die Stechuhr redete, immer mehr hervorholte, weiterging, auf ältere Erinnerungen zu, Riko wollte das alles erklären, um ein Stück von sich selbst klarer werden zu lassen, um selber erkennbar zu werden. Ich bleibe, sagte er, vielleicht kommt Dieter noch. Ihr zwei, sagte Dotz, mich seht ihr hier nicht wieder.

Dein Ernst? sagte Peter, knöpfte aber auch den Mantel zu, zog den Schal fest, dann bis später vielleicht, oder bis morgen am Platz.

Auf dem Zimmer

Die Alten waren nicht da, tatsächlich, von der Straße aus hatte Uschi kein Licht gesehen, Dieter auch nicht, aber er kannte sich nicht aus, wußte nicht, in welchem Farbton die Vorhänge schimmerten, wenn nur eine kleine Leuchte eingeschaltet war, doch schon der Hausflur wirkte auf ihn verlassen, die dunkelgrünen Kacheln rechts und links glänzten, verzerrte, bunte Flächen glitten darüber hinweg, als die beiden vorbeigingen. Dieter konnte seinen Kopf, sein Gesicht nicht sehen, so hoch reichten die Kacheln nicht, eine Girlande zog den oberen Rand entlang und erinnerte ihn an Erntedankfeste, Feiertage auf dem Land, Bilder, die in den Lesebüchern abgebildet gewesen waren, geschmückte Häuser, üppige Kränze, Strohblumen, fidele Tänzer, Sonne auf den Wegen, ein festlicher Überfluß. Daß ihnen niemand im Hausflur begegnete machte sie übermütig, als Uschi Dieter in die Wohnung winkte, nachdem sie sich umgesehen hatte, hüpfte er über den Teppich im Flur, eins zwei Tangoschritt, vorbei an der Kommode mit dem Spiegel, gleich in Uschis Zimmer, er drängte sie auf die Bettcouch, ein flach gestrecktes Ding mit einer Decke aus roten und grünen Karos, er griff nach den Kissen, lachte, ließ von Uschi ab, warf ihr das Kissen hin, und sie sagte, sei nicht so laut, man kann sonst deine Stimme hören. Waren sie nicht umstellt? Ah, Gott hört alles, Gott sieht alles, er hat seine Handlanger überall, sicher auch hier, besonders unter jenen, die weiter nichts von ihm wissen wollten als sich jederzeit für Zeugenaussagen bereitzustellen.

Glaubst du an Gott? fragte Uschi, nein, natürlich nicht, sagte Dieter, es ist ja auch nicht Gott, es sind die Nachbarn, die Alten, die Leute eben. Seine Mutter warnte ihn ständig vor den Leuten, sie waren eine Drohung von ihr, man durfte nichts machen, worauf die Leute achteten, da gucken die Leute, sagt sie immer, wenn ich etwas anziehe, das ihr nicht gefällt, Jeans, einen roten Pullover oder die Mütze hier; dabei war sie selber ein Teil der Leute, sie guckte, ihr und niemand anderem paßte es nicht, die Leute waren ein Vorwand und ein Versteck zugleich.

Während Dieter redete, streifte er mit den Lippen über Uschis Gesicht, deutete zarte Küsse an, das hatte er einmal im Kino gesehen, und jetzt kam er sich dabei sehr verführerisch vor, genauso wie der Held im Film. Ganz plötzlich war er auch stolz darauf, daß er so fließend reden konnte, ohne größere Pausen, um sich die Wörter zusammenzukramen, ohne die dumpfe Last der Stille aufkommen zu lassen. Wenn es sein mußte, fiel ihm ständig etwas ein, er kannte das Gefühl der Überlegenheit, das in ihm wuchs, wenn er beobachtete, wie beim Zuhören sich die Gesichter der Leute entspannten, wie das Unwirsche, Unduldsame daraus wich, ließen sie ihn erst einmal in Fahrt kommen. Und, toll, er war ja darauf gar nicht angewiesen, er war ja stark genug, konnte zurückschlagen, kämpfen, manchmal leistete er sich, einfach nur na und? zu sagen, nicht mehr, und sah dann aufmerksam zu, wie es weiterging, die Augen zu Schlitzen verengt, auf alle, auch die heimtückischsten Angriffe gefaßt, sehr bedrohlich sah das wohl aus.
Uschi atmete stärker, versuchte seinen Mund festzuhalten mit ihren weichen, halb geschlossenen Lippen, sie wollte küssen, immerzu küssen, aber was kam für ihn dabei heraus? Ein Kuß, das war zuerst eine Mutprobe und später nichts Aufregenderes mehr als ein Händeschütteln. Dieter strich über ihren Körper, über den Pullover, die Brüste, sie preßte seine Hände mit ihren Oberarmen gegen ihre Rippen, sie wollte die Hände einzwängen, nicht weiterlassen, erst küssen, erst nahekommen, nicht diese Überfälle, wo er noch im New Orleans so komisch gewesen war, eine Zeitlang nicht mit ihr gesprochen hatte, das sollte jetzt alles vergessen sein, sie sollte schon wieder vergeben, immer sie. Noch einmal, sagte Dieter, er überrumpelte sie, wir müssen uns beeilen, flüsterte er, nein, nicht so schnell, flüsterte sie, aber seit sie ihm gesagt hatte, daß ihre Alten, wenn sie nicht im Haus waren, so schnell auch nicht kamen, weil sie dann zu Verwandten auf die Rheinau gefahren waren, seit es diese Aussicht gab, und sie hatte ihm diese Aussicht schließlich eröffnet, doch mit ihr hochzukönnen, sollte alles wieder unnachahmlich schnell gehen. Ob nun die drohende Rückkehr der Alten die Ursache seiner Schnelligkeit oder als eine Entschuldigung dafür herhalten mußte, war ihm selber nicht klar, er wollte auch jetzt nicht darüber nachdenken.

Aber sie mußten doch nicht jedesmal miteinander schlafen, sagte Uschi, sie konnten doch auch miteinander schmusen, nur so, einfach weil es schön war. Das lehnte Dieter ab, er schüttelte den Kopf, davon wollte er nichts wissen, wenn sie schon einmal die Gelegenheit hatten, er flüsterte wieder, er lächelte, wer weiß, wann diese Möglichkeit sich wieder bot, das kann doch nicht dein Ernst gewesen sein, dieser Vorschlag mit dem Schmusen, du weißt, daß ich aufpasse. Uschi war nicht immer dazu aufgelegt, durfte sie das nicht sein?, die Stimmung war vor der Tür geblieben, auf einmal, sie fühlte sich wie geschlagen, wie durchgeprügelt nach diesem Tanztee, aber auch dieses Mal riß Dieter sie wieder von sich weg, riß sie fort, schnell mußte es gehen, und es ging wieder schnell, sie spürte die Finger zwischen ihren Beinen, an ihren Oberschenkeln, dort wo die Haut ganz weich war, diese Hand, die die Hose geöffnet und nach unten geschoben hatte, warme Hand, Uschi preßte die Beine zusammen, umarmte Dieter wie um ihn festzuhalten, doch die Hand drückte die Schenkel auseinander, die Hose mußte noch tiefer, ein Schieben, Drängen, Wursteln, Ziehen, Uschi hob die Knie, die Hose mußte über die Knie hinunter, über die Knöchel, die Hose mußte weg, der Schlüpfer, das machte sie schließlich selbst, aber war das nicht zweierlei, die Hände, die über ihre Haut strichen, und der Körper, den sie festhielt, diesen warmen, atmenden Körper, Dieter, sein Gesicht, die Lippen und weiter unten, bleib hier, hier oben bei mir, und weiter unten drängte sich etwas gegen sie, gegen den Schenkel, sehr warm, fast heiß, der Schwanz, den sie immer noch nicht berühren, streicheln wollte, nur kurz anfassen, um ihn hineinzuschieben, sonst tat es bloß weh, wenn Dieter den Schwanz gegen sie preßte, ihn hineinzustoßen versuchte, durch das hindurch, was er am Platz die Spalte nannte, um ins Loch zu kommen, die Höhle, eine Bärennummer geschoben?, vor dem Loch gesessen und gebrummt? Hoh, er nicht, sein Schwanz stand ja und hatte eine Kraft darin, er konnte noch lange so stehen, auch wenn jetzt weiter nichts mehr passierte. Und als Dieter seine Hose nach unten gezerrt hatte und frei vom engen Stoff die Luft den Schwanz umfächelte, die Hoden, wie frei fühlte er sich da, frei, ja, jetzt konnte er hineinfallen in die Welt, und es geschah ihm nichts, ein Vertrauen war da, eine Macht, die in seinen Un-

terleib verströmte, aus dem übrigen Körper abgezogen, um bald durch den Schwanz hinauszuzucken, Dieter stieß und stieß, und Uschis Körper gab nach, die Stöße setzten sich, auch abgeschwächt, bis in ihre Schultern fort, Dieter bewegte sie nur mit der Kraft seines Unterleibs, darauf war er stolz, so lächerlich auch die Hose um die Waden gewickelt sein mußte, aber das sah niemand, niemand guckte, keine Leute, und Uschi begann, sich unter ihm zu winden, er hörte sie atmen, lauter atmen, es kam stoßweise, wurde ein Stöhnen, sie trieb jetzt weg, hörte ihre Stimme von weit draußen und laut, und er trieb nun weg, als er die Augen schloß, fiel er in sich hinein, in diesen ganzen schwarzen, weiten, dunkel zitternden Raum, der sich hinter den geschlossenen Augenlidern öffnete, der keine Ränder hatte und doch nicht unendlich war, Dieter spürte Uschis Hände auf dem Rücken, sie krallten sich fest, glitten ab, sie faßten nach dem Stoff des Hemds, wenn sie das Hemd zerriß! und dann war das Gefühl da, als rutschte sein Unterleib zitternd unter ihm weg, es schoß in den Schwanz hinein, und Dieter zog ihn heraus, schnell stürzte er in eine Verzweiflung hinein, blitzhaft kurz, so plötzlich war der Schwanz ganz in der Kälte, ganz draußen, ein verheertes, verlorenes Gefühl, ein heißes Fleisch, ins Freie getrieben, ausgesetzt, als es in der Wärme zergehen wollte, Dieter warf sich auf Uschi, ihren weichen Bauch, das Sperma quoll warm zwischen die beiden Hautflächen, jetzt waren sie naß, klebrig.
Dann ging es auch schon weiter, aufstehen, abwischen, wo sind die Taschentücher?, aufpassen, daß kein Sperma ins Schamhaar tropfte und irgendwie vorwärts kam, bis hinein. Halb aufgerichtet, auf den Ellbogen gestützt, fuhr Uschi schläfrig mit dem Taschentuch aus Papier über den Bauch, er mußte es ihr sagen, Los, los, wo bist du denn, er wollte sich bewegen, hatte es ja geschafft, wieder einmal, er hatte gefickt! Jedoch mußte auch er sich abwischen, weg mit dem feuchten Zeug, das sogar, verräterischer Fleck, in sein Unterhemd gesickert war, er rubbelte, weg damit, darüber mußte er schließlich die Hose ziehen.
Die Gedanken an Uschis Eltern kehrten zurück, hingen auf einmal wieder zwischen ihnen, was, wenn sie erst den Schlüssel in der Wohnungstür hörten, keine Schritte vorher, keine

knackenden Dielen, Treppenstufen, nur dieses kurze Geräusch wie Eisenkugeln, die gegeneinander klickten, klickklack, klackklick. Sicher hätten sie, noch bevor sie die Mäntel mit den Pelzkragen in die Diele hängten, nachgeschaut, ob ihre Tochter schon da war, der Amtsmann und seine Alte, der mürrische, wortarme Alte, der, wie Uschi erzählt hatte, mit allem nichts mehr zu tun, der bloß seine Ruhe haben wollte, die Zeitung und die Suppe, und daß der Kasten nicht zu sehr flimmerte, das Fernseh-Standgerät mit dem Edelholz-Gehäuse, zu Weihnachten angeschafft, daß die Sportergebnisse stimmten, die Wahlresultate, und daß die Tochter sauber und unangefochten blieb, auch wenn sie mit den Jungen scharwenzelte. Er konnte ihr das nicht verübeln, heute nicht mehr, wo es den Rock'n'Roll gab, gegeben hatte, das mit dem Krieg, wie er zu Uschi sagte, wenn er irgendetwas sagen wollte, das ihm wichtig schien, ohne daß er es dann herausbrachte und Uschi spürte, wie er darüber hinwegging, wie mit einem traumwandlerischen Schritt über den Abgrund, das mit dem Krieg war sowieso nichts gewesen, keine Glorie, keine Ehre, es hatte nichts ergeben als eine mörderische Unordnung letztlich, einen Wirrwarr, einen unüberschaubaren Zustand, das mit dem Krieg war ein Fehler gewesen, so weit hatten die Lehrer schon recht.

Dieter war inzwischen wieder angezogen, die Kleider hatte er geordnet, Uschi kramte nach dem Kamm in ihrer Tasche. Sie ging nicht ins Badezimmer, lieber jetzt ein paar Umarmungen, damit etwas von der Wärme anhielt, die Sehnsucht war in ihrem Körper steckengeblieben und konnte nicht weg, konnte nicht abfließen, wollte doch hinüber zu Dieter, wollte treiben und umfangen, wollte warmhalten und eng bei dem anderen Körper sein, wollte gestillt werden in der Nähe, Haut an Haut. Uschi kam aber nicht nahe genug heran, war auch irgendwie froh, leichter, daß es vorüber war, daß sie es hinter sich hatte, heute, und sich wieder anlehnen konnte, umarmt wurde, wenn jetzt die Eltern kamen, konnten sie sich eher herausreden.

Dann war Dieter eben ein Geschäftskollege, einer, der ihr Berichtsheft holen wollte, er lachte, Dekorateur, weißer Kittel, die Nadeln zwischen den Lippen, vielleicht werde ich das sogar, wenn ich noch länger mit dem Ausbilder im Streit bin.

Doch in Wahrheit war das nichts für ihn, so wenig wie Friseur, noch so ein Kittelberuf, den anderen Leuten in den fettigen Haaren wühlen, immer vom Duft nach Rasierschaum, Haarwässerchen, Schönheitscreme umgeben, vom Parfümgeruch der Damenabteilung nebenan; wollte er überhaupt einen weißen Kittel tragen, dann als Techniker, technischer Zeichner oder so etwas. Wenn Dieter in der Mittagspause über den Hof ging, hinüber zur Kantine, sah er sie in den nackten Fenstern stehen, die Herren mit ihren weißen Kitteln zwischen den hochgestellten Reißbrettern, die unterhielten sich ständig miteinander, gerade so als würden sie dafür bezahlt, beieinander zu stehen und sich zu beraten. Diese Techniker besaßen etwas Nobles, so wie sie dastanden oder aufrecht über den Hof gingen, das Lineal in der Tasche des weißen Kittels; einer trug sogar einen gestutzten Bart um Lippen und Kinn, so einen Bart habe ich früher in Ritterfilmen gesehen, bei Grafen und Herzögen.

Du hast ja noch keinen, sagte Uschi, kniff ihn, natürlich habe ich einen, ich rasiere mich beinahe jeden Tag, sagte Dieter, seit zwei Jahren schon. Weißt du, daß die Jungen auf den Dörfern, draußen im Ried, sich Hühnerdreck über die Lippen schmieren, damit die Haare schneller wachsen?

Wer die küßt, sagte Uschi. Dotz hat es einmal mit einem Haarwuchsmittel versucht, es brannte ziemlich, Dieter lachte. Wer ist Dotz? fragte Uschi, der Kleine mit den gelben Haaren, sagte Dieter, du kennst ihn vom Sehen.

Der sieht immer so finster aus, sagte Uschi, harmlos ist der, sagte Dieter, früher hat er Fahrräder geklaut, vorm Schwimmbad.

Du nicht?

Dieter zögerte; nein, er nicht, das heißt doch, er auch, alle hatten sie Fahrräder geklaut oder Teile davon, das, was sie noch brauchen konnten, nachdem sie einen einfachen Rahmen hatten mit Rädern, Lenker und Sattel: also eine Gangschaltung, einen Tachometer, eine Zugklingel, die man mit einer Schnur bediente und die später verboten wurde, diese Sachen eben, die Feinheiten, Extras, die sie auf Hochglanz bringen, an denen sie herumhantieren konnten, während sie am Platz standen, die Schrauben anziehen, den Dynamo nachstellen, damit

er sich nicht automatisch beim Fahren mitdrehte, sie konnten sich daran schon verkünsteln. Muff hatte auch ein schönes Fahrrad gehabt, hatte es silbern gestrichen, das war Spitze gewesen, ein silbernes Fahrrad mit einem französischen Lenker, der nur schwach gebogen war, nicht so tief hinunter wie ein Rennlenker, aber das war auch gefährlich gewesen, so ein ausgefallener Lenker, den sonst keiner hatte; der Eigentümer hätte ihn wiedererkennen können. Deshalb hatte Muff ihn ebenfalls gestrichen, auch silbern, das ganze Rad war silbern, ein mattes Silber, gestrichen und nicht gespritzt oder lackiert, von weitem sah es eher grau aus, ein Geisterrad aus einer einzigen Farbe, gleichmäßig matt, ein Schimmel, Muff, der Geisterreiter.
Sag nicht sowas.
Dieter kam über seine Verlegenheit hinweg, in den Gärten zwischen dem Schwimmbad und dem Park, sagte er, hatten sie die Fahrräder geschleppt, einer hielt das Hinterrad hoch, der Zapfen des Schlosses steckte zwischen zwei Speichen fest. In den Büschen eines verwahrlosten Gartens war das einfacher zu beheben, da hatten sie die Zeit dafür, brachten die Ruhe auf, mit einem Stein auf das Schloß zu hämmern, es um die Gabel zu drücken, von der anderen Seite aus darauf zu schlagen, bis der Mechanismus zerstört war und der Zapfen locker im Schloß hin- und herrutschte. Dann konnten sie das Schloß abschrauben und irgendwo ins Gras schmeißen.
Von zwei Fahrrädern hatten sie alles Zubehör verwendet, hatten sie ausgeschlachtet und nur die Rahmen zurückgelassen, an verschiedenen Stellen, den einen hatten sie in die Büsche geworfen, den anderen in die verstaubte Brombeerhecke am Weg hinter dem Clubhaus gekippt. Dort blieb er den Sommer über liegen, die Zweige, die er niederdrückte, richteten sich allmählich wieder auf, wucherten zwischen dem Rahmen hindurch, Gras wuchs hoch, aber er blieb sichtbar, hell und bleich zwischen den zitternden Blättern wie ein Gerippe, dem Platzregen ausgesetzt und der harten, sengenden Mittagssonne, das Gerippe verschwamm im Nebel im Herbst, lag feucht unter Tau, im Winter rieselten die Schneeflocken darauf herab und deckten es zu, im schmelzenden Schnee lag es mit Rostflecken, die Zweige waren stumpf und schmutzig geworden, es lag

schräg, war noch immer nicht ganz auf die Erde gesunken, und irgendwo in der Stadt, in einem der angrenzenden Viertel ging einer herum, der kein Fahrrad mehr besaß oder inzwischen ein neues, schlechteres, weil die Alten nicht so kurz hintereinander wieder ein teures Fahrrad kaufen konnten, weil er außerdem nicht aufgepaßt hatte, weil er sich hatte bestehlen lassen, diese Strafe.

Das hat dir nicht leid getan?

Nein, nicht, er hatte ja niemand von denen gekannt, denen das Fahrrad gestohlen worden war, vielleicht waren das sowieso Arschlöcher, und außerdem, mußte nicht jeder, hatte nicht damit rechnen müssen, du auch, daß sein Fahrrad geklaut wurde? Jeder konnte sich doch schadlos halten, konnte wieder eins mitgehen lassen, immer so weiter, ein Karussell, nicht einmal langweilig.

Aber hinten, ganz hinten in der letzten Reihe stand dann einer, der ging leer aus, einer, der ehrlich war oder sich einfach nicht traute, heimlich zuzugreifen.

Das war der, den es schon immer gegeben hatte, der Kleine im blauen Anton, der, den es auch immer geben wird, oder glaubst du etwas anderes? Das war doch der, der ein Leben lang in dieselbe Kneipe gegangen war, und an seinem letzten Abend, als der Wirt wie immer fragte, was er trinken wollte, nahm er all seinen Mut zusammen und sagte, dasselbe wie sonst auch, und der Wirt sagte, und was war das?

Dieter lachte, er rollte auf den Rücken, die Decke mit den roten und grünen Karos hüpfte in einer Welle fort, das mußt du dir mal vorstellen, sagte er prustend, das ist die taube Nuß, das faule Ei, der Penner. Uschi fand die Geschichte eher bedrükkend, wo hatte Dieter sie her? Die geht im Betrieb um, und was ist daran so traurig? Daß ihr euch lustig macht über einen, der niemals Glück gehabt hat, nicht einmal an seinem letzten Tag.

Soll er es dann mit hinübernehmen ins Jenseits, sein Glück?, ins Schattenreich? Wolltest du mit so einem verheiratet sein?

Warum nicht?

Weil das mit Glück nichts zu tun hat, sondern damit, ob man Kraft hat, clever ist, sich nicht alles gefallen läßt.

Vielleicht hat sich der Mann überhaupt nichts gefallen lassen

und ist deshalb allein geblieben. Uschi interessierten Menschen, die allein waren, sie fielen ihr auf, wenn sie durch die Stadt ging, wenn sie in der Straßenbahn fuhr oder im Café saß; manche sah sie öfter, und sie waren immer allein, meistens Männer oder Jungen, weil Frauen allein kaum weggingen oder nicht weit, zur nächsten Freundin, um die Ecke, ins Kaufhaus, oder es waren alte Frauen, nach denen sich keiner mehr umdrehte. Manchmal war Uschi richtig enttäuscht, wenn sie jemandem, den sie immer allein gesehen hatte, plötzlich mit jemand anderem begegnete, mir ist dann, sagte sie, als wäre sein Stolz nun gebrochen, und ich wäre dabei gewesen, hätte zugeschaut, ohne ihn nach den Gründen zu fragen.
Es gefiel Dieter nicht, was sie da erzählte, er bekam eine Unlust zuzuhören, schaute sich im Zimmer um, dieser kindliche Schreibtisch!, er erschien Dieter niedriger als die Schulbänke aus den ersten Jahren seiner Schulzeit, direkt putzig sah er aus. Eine Reihe von Single-Platten war gegen das Tischbein gelehnt, ein Brett in der Form eines nach unten breiter werdenden Trapezes, als stand der Tisch nicht auf vier Beinen, sondern trug zwei Röcke aus Holz, ein Mädchenschreibtisch. Die Plattenhüllen waren abgestoßen und weich vom vielen Anfassen geworden, sie sahen zerfleddert aus, die äußersten Platten waren vom Stapel gerutscht, gegen den Plattenspieler hin, einem beigen runden Gehäuse mit einer gerippten Kunstlederhaut, man konnte ihn mit einem Schminkkoffer verwechseln, solange der Deckel darüber gestülpt war.
Daß Dieter sich aufgerichtet hatte, ins Zimmer schaute, weg von ihr, zum Schreibtisch, wo sein Mantel über der Stuhllehne hing, nahm Uschi als ein Zeichen dafür, wie sehr es ihn nun drängte zu gehen, jetzt fingen seine verlegenen Gebärden an, das leicht durchschaubare Unwohlsein. Mit der Hand fuhr Dieter zwischen Hals und Kragen, das hatte, weil er es immer tat, schon etwas Rührendes für Uschi, so vertraut war er ihr bereits, desto stärker erschrak sie jedoch über die Geräusche im Treppenhaus, der Schreck und der Wunsch, genauer zu hören, zu lauschen, nahmen ihr den Atem weg, sie faßte nach Dieters Oberarm, drückte ihn fest, Dieter sollte ruhig sein, ganz still, sich nicht bewegen. Das Geräusch kam aus einer weiten Ferne, wie hinter Mauern erstickend, und für einen

Augenblick hörte Uschi zu leben auf, ihr Körper war nur mehr das andere Ende dieses Geräusches, dann rutschte es weg, starb, nein, das konnten ihre Eltern nicht gewesen sein, die wären jetzt lauter und immer lauter geworden, wären nahe und näher gekommen mit ihren Schritten, dem Klappern der Schlüssel! Aber Uschi wollte jetzt auch, daß Dieter schnell ging, bis in die Adern hinein, ins Blut, hatte sie gespürt, welche Bedrohung Dieters Gegenwart im Augenblick war, und das wollte sie schnell wegkriegen.

Das Geräusch war so tief in sie hineingefahren, daß sie sich wie aufgespalten fühlte, und aus dieser Gespaltenheit stieg die Vorstellung auf, eines Tages könnte Dieter selber, nicht bloß seine Anwesenheit zu bestimmten Zeiten, an bestimmten Orten, eine Drohung für sie sein, oder aber das Bedrohliche wäre nicht mehr an Ort und Zeit gebunden, die Drohung wäre Dieter selbst und immer, überall. Und seine Zuversicht darauf, daß er auf Glück nicht angewiesen war, weil er es zwingen konnte, hätte ihren Grund nur darin, daß Dieter gar keine Vorstellung von Glück hatte oder nur eine schäbige, eine, in der die Unterlegenen nicht vorkamen, es sei denn als solche, auf deren Rücken es zum Glück hinaufging, zum Gelächter, zur Siegesfeier. Sie hätte jetzt gern weiter mit ihm darüber geredet, Erklärungen gewünscht, nicht nur so etwas einfach Dahingesagtes stehen gelassen; nach Gründen hätte er suchen sollen, sie mußten ja nicht unanfechtbar sein, im Gegenteil, über Erklärungen konnten sie weitermachen, diskutieren, die konnten sie nachprüfen und sich anstrengen, während sie weitergingen auf ihrer Suche nach dem Glück. Sie hätten endlich auch einmal über das Miteinander Schlafen reden können, was daran schön war, und warum Dieter es immer haben wollte, warum er danach immer gleich von anderen Dingen redete, von geklauten Fahrrädern, von Erlebnissen am Platz, nicht einmal über Muff hatte er reden wollen, immer nur erzählen, irgendetwas erzählen. Sie hätte nun beinahe geweint, jedoch war sie sicher, daß Dieter diese Tränen nicht nur mißverstand, sondern daß sie auch nicht, jetzt nicht, imstande war, dieses Mißverständnis aufzulösen, wohin gehst du noch? Zum Platz wahrscheinlich, nicht mehr in die Stechuhr, Jochen ist bestimmt im Krug, die anderen sind vielleicht auch da.

Die Tränen blieben trocken, ein Schmerz in der Atemröhre, ein kurzer, auferlegter Kuß im Treppenhaus, Dieter mußte vorsichtig sein, schnell, leise ging er davon, stieg mit großen, vorsichtigen Schritten die Stufen hinunter, die Tür schnappte sanft ein, es war besser, wenn niemand im Haus etwas von Dieter mitbekam.

Wieder in ihrem Zimmer holte Uschi das Tagebuch aus der Schublade, den Schlüssel hatte sie in einer anderen Schublade verborgen, unter einem Stapel von Blättern, einer Pralineschachtel mit ein paar Strick- und Häkelmustern, die hatte sie im Sommer aus französischen Modezeitschriften ausgeschnitten, während ihres Urlaubs in Toulon. Uschi hatte schon länger nichts mehr in das Tagebuch geschrieben, das tat ihr leid jetzt, die Zeit sollte nicht vergehen und dabei solche Lücken hinterlassen. Sie hatte das Gefühl, daß ihre Entwicklung in diesen Lücken voranging und gar nicht in jenen Wochen, in denen sie erlebte, wofür sie die Wörter noch fand. Was im Tagebuch schließlich doch festgehalten war, las sich ja auch immer viel ungeschickter, nichtssagender, als sie es aufzuschreiben geglaubt hatte, und vielleicht versteckte sie das Tagebuch nicht nur aus Angst, ihre Geheimnisse könnten entdeckt werden, entweiht von dem ahnungslosen Gerede ihrer Mutter, sondern auch aus Furcht, sich mit diesen Sätzen bloß zu blamieren, weil sie nur die banale Außenseite dessen enthielten, was Uschi sagen wollte. Es waren Erinnerungszeichen, die ihr halfen, wieder das zu denken, was sie damals gedacht hatte, nachzuprüfen, ob sie all das noch denken konnte oder dümmer geworden oder gar schon weiter gekommen war.

Jetzt schrieb sie: »Ich hasse alle Geräusche, die mich an meine Eltern erinnern, an die Nachbarn und an all die fertigen Leute! Ich hasse die Heucheleien in den Wohnzimmern.« Irgendetwas hielt sie davon ab, Dieters Namen zu nennen, die Angst vor der Entdeckung, der Preisgabe, Entblößung ihres Selbst folgte ihr zwischen die Seiten des Tagebuchs, dazu die Beklemmung, daß sie alles nicht so fassen konnte, wie sie wollte; als sie Dieter damals am Platz getroffen und sich mit ihm zum ersten Mal unterhalten hatte, hatte sie, kaum zuhause angekommen, ins Tagebuch geschrieben: »Dieter ist lieb«, doch wo war der Hinweis auf das Plötzliche dieses

Entschlusses, auf den Drang zu schreiben, der diesem Satz vorausging?
Abkürzen wollte sie die Namen auch nicht, das war ihr, auch wenn sie solchen großen Anfangsbuchstaben mit dem Punkt dahinter in Büchern begegnete, immer sehr einengend vorgekommen, eine Person war in demselben Augenblick, in dem sie vorgestellt worden war, schon wieder zugedeckt und zugeschnürt worden, eigentlich sollte sie diese Person gar nicht kennenlernen dürfen, so verstand Uschi das. Sie schrieb: »Muff stirbt vielleicht«, strich die beiden letzten Wörter durch und setzte dahinter: »ist vielleicht für immer gelähmt!« Sie blätterte zurück und entdeckte den Satz: »Er ist wie ein Indianerjunge. Er ist verschlossen. Heute nachmittag dachte ich, hinter ihm ist etwas ganz Wildes.«
Dann stieß Uschi auf das Wort »Aus!«, sah das Ausrufezeichen dahinter, das ihr jetzt wie eine Prophezeiung erschien, wieder hatte sie etwas mit einem Ausrufezeichen über Muff schreiben müssen, und sie kritzelte das Ausrufezeichen zu, blätterte wieder nach vorn, hatte unterwegs noch den Satz »Dieter redet viel« wahrgenommen und dachte plötzlich, daß sie vielleicht eine Prüfung nicht bestanden, daß sie es sich zu einfach gemacht hatte, zu bequem, daß sie leichtfertig, oberflächlich gewesen war, all das, was sie nicht sein wollte.
Schnell stand sie auf, warf sich auf die Couch, wie sehr sie Dieter jetzt brauchte, oder jemand, der sie ganz verstand, und sie war einen Moment lang über den Gedanken verstört, daß dies vielleicht gar nicht Dieter war, und trotzdem sehnte sie ihn jetzt herbei, hier roch nicht einmal etwas nach ihm. Sie hörte die Geräusche, die Stimmen der Eltern gedämpft, sie sprang auf, um das Tagebuch rechtzeitig wegzustecken; es mußte ihr möglich werden, anders zu leben. Wie? Eben anders als sie, die Eltern.

Nachts

Riko war jetzt schon so lange allein herumgestanden, daß er in der Pause zwischen zwei Liedern oder wenn eine Plattenseite abgelaufen war, die Luft weitersummen hörte. Manchmal ermahnte er sich selber, nicht zu vergessen, wo er stand, dann verloren die Gestalten vor seinen Augen das Trübe, Vermischte, sie kehrten aus einer Entfernung zurück wie das Bild in einem Fernglas, sobald das Glas genauer eingestellt wurde. Jedoch konnte Riko diesen klaren Blick nicht lange halten, und in einem langsam anwachsenden Summen löste sich vor ihm wieder alles auf, glitt zurück in ein schwelendes Halbdunkel, der Pulk von Leuten an Freddis Tresen und einige Meter weiter drüben die Paare, die um die Bierfässer saßen, sich in ihren Gesprächen wiegten, den weichen Gesten, mit denen sie einander zuprosteten, es sah immer so aus, als trank einer dem anderen zu, sobald er das Glas zum Mund hob. Ruhig fließende Bewegungen waren es, die auf der Musik dahintrieben, auch Riko schmiegte sich hinein, Bier rieselte kühl den Magen hinunter, ein Strahlen war auf der Haut, ein warmes Flimmern bis zu den Fußsohlen hinab, das machte seinen Körper leichter, Riko stellte sich vor, wie er zusammenschmolz und sich unaufhaltsam nach allen Seiten ausbreitete, je kleiner er wurde.

Er war jetzt in einem vollkommen wehrlosen Zustand, spürte nur das eine Interesse, darin zu verharren, nicht angesprochen, auch nicht angemacht zu werden, er hätte niemals rechtzeitig darauf antworten können, eine Leichtigkeit, in der er sich wog wie an den Nachmittagen im Hallenbad, wo er ruhig mit den Armen fächelnd auf dem Rücken im Wasser geschwebt und den abnehmenden Schreien nachgehört hatte, die durch die Gewölbe mit den Umkleidekabinen herüberhallten, unter der lichtdurchfluteten Kuppel über ihm, während vorn beim Sprungbrett der Bademeister an der Glocke zerrte. Ihr schrilles Gebimmel bedeutete, daß Rikos Schwimmstunde abgelaufen, daß seine Nummer schon mehrmals vorgezeigt worden war oder schon eine Weile auf der weißen Tafel an einer

Kette zwischen den Verstrebungen des Dreimeterturms baumelte. Riko trieb weiter, das Bewußtsein, daß er jetzt bereits angekleidet am Spind stehen, gerade die nasse Badehose in das feuchte, schwerer gewordene Handtuch wickeln oder sogar schon mit dem Kamm durch die tropfenden Haare fahren mußte, dieser verbotene Zustand, in dem er sich stattdessen befand, füllte seinen Körper so wohlig aus, daß er ein Kitzeln im Schwanz verspürte, ein Streicheln wie von innen, ein Gefühl, um ewig so im Wasser schwanken zu wollen. Die schaukelnden Wellen ließen blendend helle Linien aufblitzen, Adern aus Licht, die über die Seitenwände flogen, wie Riko sah, als er endlich den Kopf hob, zur Leiter schwamm.
Die Erinnerung an diesen Ruck, mit dem er den schlingernden Körper plötzlich geradlinig zum Beckenrand lenkte, riß Riko wieder in sich hinein, er wollte hier gar nicht so herumstehen, verträumt oder ungetröstet aussehen, das konnte am Sonntagabend in der Stechuhr bloß noch eine Pose sein; damit war er nur einer unter mehreren, die angeödet herumlungerten, den Mantelkragen hochgestellt, die Zigarette in der einen, die Flasche Bier in der anderen Hand und jederzeit bereit für eine schroffe Entgegnung, falls irgendjemand, den sie nicht kannten, etwas zu ihnen sagen sollte, ob es nun freundlich gemeint war oder nicht. Trotzdem wollte Riko noch nicht gehen, er beschloß, ein weiteres Bier zu holen, aber er brauchte eine Weile, bis sich der Entschluß so tief in ihn hineingesenkt hatte, daß Riko sich von der Stelle zu lösen vermochte; den ersten Schritt machte er dann wie aus einer schützenden Umgebung heraus. Und gerade so, als ob er von den anderen überhaupt erst wahrgenommen wurde, wenn er sich zu bewegen begann, waren ihm die Schritte zum Tresen nicht selbstverständlich, konnten es auf dem kurzen Weg dahin, auf diesen paar Metern auch nicht mehr werden. Plötzlich fuhr eine Angst in ihn hinein, daß er stolpern könnte, taumeln und jemanden anrempeln, und daß er, um dies zu verhindern, auf eine ganz lächerlich steife Weise durch den Keller stakste, wie einer, so sagten sie am Platz, der vergessen hatte, den Kleiderbügel aus der Jacke zu nehmen; Riko dachte jetzt alles so umständlich, daß man ihm das ansehen mußte.
Als er Freddi um das Bier bat, verhaspelte er sich, er sagte al-

les zweimal, aber Freddi schien das nicht aufzufallen, er hätte Riko die Flasche wahrscheinlich auch dann sofort zugereicht, wenn er nur stumm an den Tresen herangetreten wäre, warum nicht?, was konnte Riko schließlich sonst wollen?
Das neue Bier in der Hand spürte Riko den Zwang, wieder an die gleiche Stelle zurückzukehren, an der er eben gestanden hatte, ein schnelles Lied setzte ein, und die zwei, drei Paare, die sich eine Weile nachlässig im Takt bewegt hatten, wie um zu unterstreichen, daß heute ein Ruhetag war, gingen auseinander und setzten sich. Ein Satzfetzen aus dem Lied sank widerstandslos in Rikos Kopf, SHE CAN ROCK'N'ROLL, einfacher war das nicht zu singen, was einmal Sache gewesen war, aber der Rock'n'Roll wurde nicht mehr verlangt, oder kein Mensch wollte mehr rabiat dagegen sein, was auf dasselbe hinauslief, man lernte längst die Schritte in den Tanzschulen, die Tanzlehrer erfanden überhaupt erst die genauen Schritte, also auch Abweichungen, die Fehler. Riko erinnerte sich an eine Anzeige, Alle modernen Tänze!, jetzt konnte man Rock'n'Roll mit einer Nummer auf dem Rücken tanzen, im Turnier, mit kurzen Socken unter den Hosen, die Frauen trugen wieder Röcke und hießen Damen, jetzt waren die Rebellen heimgekehrt und hatten ihre kaputten Radios auf den Autofriedhöfen zurückgelassen, jetzt mach' mal etwas damit! Das Resi war seit einem Jahr geschlossen, weil kaum noch jemand hinging, und die Horden mit den schwarzen Lederjacken vor dem Rialto waren auseinandergegangen, ohne sich zu fragen, was sie noch tun sollten, sie wußten es auch nicht; ein paar waren ins Roxy gezogen, enttäuscht und starrköpfig, dort ließen sie keinen mehr an sich heran, ließen niemanden mehr dazu, dort hatte Dieter sein blaues Auge gekriegt, und die Zivilbullen tauchten ab und zu auf und holten sich einen heraus.
Fürs erste war Riko zu spät gekommen, etwas anderes mußte passieren, die hochgewehten Blätter der Zeitungen hatten sich wieder sacht übereinander gelegt, der Sturm war vorbei, die Zeitungen wurden wieder flach unter der Haustür durchgeschoben, Riko sah sie herumliegen, wenn er das Fahrrad über den Steinfußboden führte, er wunderte sich wieder, was die Leute im Haus dazu brachte, jeden Morgen die Zeitung aufzuschlagen, der Sportteil war doch nur am Montag interessant, mit

den Spielberichten vom Wochenende. Was fingen die Leute alle mit den Spezialmeldungen auf der ersten Seite an, den immer gleichen Fotos von Politikern, wie Blechmarken, die die Zivilbullen gelegentlich vorzeigten, sobald sie etwas von einem wollten, eine Aussage oder auch nur die Personalien, und dabei sagten, wir sind von diesem Verein, versuche nicht uns reinzulegen, wir sind vor dir aufgestanden!
Ah, diese Schlagzeilen, wie in Uniformen, aber ohne Glanz und Pracht, eine leidenschaftslose, routinierte Parade durch den Alltag, der mit dem Geschmack von Zahnpaste begann, mit dem Geruch nach Rasierseife in der geputzten Nase, und hinter den zerfallenden Traumfetzen schob sich das alles wieder zu Blöcken zusammen, schon auf dem Weg in den Betrieb waren sie erstarrt. Irgendwann wußte keiner mehr, wohin mit ihnen, den schweren Brocken, den Klötzen von gesprengten Bunkern, all diesem kantigen Material in der Brust, dem Harten, Unzugänglichen, nicht mehr Aufweichbaren, so selten bröckelte davon etwas ab, von den Fehlentscheidungen, den einmal gegebenen Anordnungen, den Verrätereien der Verratenen, den zerschnippelten Briefen, unter der Leselampe wieder zusammengesetzt nach Feierabend, auf ein Blatt Papier geklebt und dem Chef auf den Tisch gelegt während einer vertraulichen Vorsprache. Das hatte einmal ein Angestellter gemacht und war dann doch nicht aufgestiegen, hatte bloß dem Chef zu einem Bonmot verholfen, zu einer Demonstration seiner Bildung, ich liebe den Verrat und hasse den Verräter, das ging im Betrieb um, hinterher, und ein paar Wochen lang sah jener Angestellte nicht gut aus, doch inzwischen redete wieder jeder mit ihm, dem windigen Helden einer Betriebsanekdote, über das Ohr gehauen letztlich, so daß sich die anderen auch bald in ihm wiedersehen konnten.
Morgen früh mußte Riko dort hinfahren, wieder die Mappe mit dem Frühstück quer auf dem Lenker halten, über das Kopfsteinpflaster der Nebenstraßen holpern und hinaus auf die Ausfallstraße in den Norden der Stadt, zum Industriehafen, vorbei am Ziegelsteingebäude der Motorenwerke, wo um diese Zeit schon das Licht bleich und grün gegen die Decken der Werkshallen strahlte, Riko sah es durch die quadratischen, mit Blei schmal eingefaßten Scheiben, die eine lange Fensterfront

bildeten, er hörte dahinter das vertraute Rucken und Stampfen der Maschinen. Abends mußten die Lehrlinge sie sauber machen, wie Milch troff das Bohrwasser die Eisenteile hinab, das wußte Riko von Dotz, irgendwo hinter den roten Mauersteinen wurstelte der als Angelernter herum, wenn Riko daran dachte, hatte er ein Gefühl, daß er und die anderen immer zusammenblieben, nebeneinander her alt wurden in dem Viertel, in dem sie aufgewachsen waren, am Platz. Obwohl Riko sich gar nicht sicher war, wie sehr er das überhaupt wollte, zumal nach dem Streit von vorhin, so konnte er sich nicht denken, daß einer von ihnen jemals das Viertel, geschweige die Stadt verließ, welchen Grund sollte es dafür geben, woandershin zu ziehen, es gab hier Jobs genug. Die Großen waren doch auch noch da, gingen mit ihren Frauen spazieren, oben am Herzogenriedpark entlang, wo sie früher mit den Fahrrädern gefahren waren, den Ball auf den Gepäckträger geklemmt, gerade rechtzeitig abgehauen vor dem Schütz mit der Schirmmütze und dem Stadtwappen auf dem Ärmel der grünen Uniform, dort wo sie später mit den Mopeds entlanggeknattert waren, immer jemand breitbeinig auf dem Rücksitz, die Schuhsohlen schwebten nah über den Asphalt, helle Reihenhäuser auf der einen, die leicht wogenden Baumkronen des Parks auf der anderen, etwas tiefer gelegenen Straßenseite.
Riko stellte die Flasche Bier auf den Boden nahe der Wand. Er wollte nicht mehr in der Stechuhr bleiben, er wollte auch nicht austrinken müssen, er sah jetzt hinter der staubigen Mauer der Kohlenhandlung rechts der Ausfallstraße den Parkplatz vor sich, blaß wie auf einem Foto mit schwachen Farben dehnte er sich nach hinten, öffnete den Blick in den Himmel, der schwelte im Sommer so endlos blau über dem mit wenigen Autos verstellten Asphalt, über dem Schwimmbad dahinter. Der Sprungturm, ein körniges, graues Gerüst, schien immer in die grüne Wand des Parks zu verschwimmen und blieb doch fest an der Stelle, wenn Riko langsam vorbeiradelte, Jubeltöne in der Luft, Vögel stürzten über die Straße weg, schwerelose Schatten, eine Handvoll Leben, warm und gefiedert, mit einem pochenden Herzen. Einen Schlenker nach rechts und die paar hundert Meter über den Platz gefegt, so schnell hätte Riko den Zaun des Freibads erreicht gehabt,

den Maschendraht, in den die Zweige und Blätter der Hecke dahinter hineinwuchsen.
Aber Riko konnte ja nicht, durfte nicht, das war nicht erlaubt, das war schon als Gedanke etwas Vergebliches, jetzt hatte er erst einmal weiterzufahren, in einiger Entfernung, und sich bis nachmittags um fünf zur Verfügung zu stellen, Arbeiten auszuführen, die ihm von den älteren Angestellten aufgetragen wurden, langweilige, stickige Arbeiten, Rechnungen ordnen, Mahnungen sortieren, Geschäftsbriefe ablegen, immer wieder trockene Blätter in die Hand nehmen, Ihre Zeichen, Unsere Zeichen, Ihr Auftrag, Unsere Nummer. Danach konnte er noch eilends zum Schwimmbad rasen, bevor der Tag endgültig ausgeglüht war, konnte noch die warme Luft auf der Haut spüren, aber nicht mehr die heiße, wallende Glut, die ihm in der Mittagspause das Hemd auf die Haut klatschte, nicht mehr die Hitze, unter der der Asphalt zu flimmern begann.
Standen sie vorn am Kiosk, Colaflaschen in den Händen, sah Riko über die Ausfallstraße hin, bis sie sich in zitternden Wellen verlor, dahinein fuhren die Autos und loderten auf, flimmernde Wand, sengende Wellen der Luft, Staub am Weg, feiner, brauner Sand am Straßenrand, von den entlangdonnernden Fernlastern an den Bordstein gewirbelt, und die Lust, genau jetzt durch eine Wiese zu gehen, flirrend im Mittagslicht, den Staub von Blüten, Kräutern an den Beinen, das stille Zirpen der Halme, über die die Schuhe streiften, trockenes Rascheln, eine Ruhe um einen herum, daß man das Blut in den Adern rauschen hörte. Stattdessen schoben Riko und die anderen Lehrlinge die leeren Colaflaschen durch das Fenster des Kiosks zurück, nickten dem Mann dahinter zu, fügten sich, sagten Mahlzeit, sie mußten wieder ins Gebäude, die Pause war um, sie kamen eh zu spät, ein paar Minuten über die Zeit, mehr war nicht drin; Riko hob die Hand, Freddi nickte ihm zu, Riko stieg zum Hausflur hoch, im Sommer rieb er sich wieder den Saft einer Zwiebel auf den Fingerknöchel und schlug ein paarmal leicht mit einem Löffel oder so etwas Ähnlichem darauf, bis es anschwoll; damit war er schon diesen Sommer beim Arzt durchgekommen, das war eine Woche Urlaub mehr, bloße vier Wochen im Jahr, wo die Schüler von einen Ferien in die nächsten stolperten, von Weihnachten zu

Ostern, von Ostern zu Pfingsten und in den Sommer, das war sowieso zu wenig, war einfach ungerecht.
Wieder im Hausflur, wieder ein Steinfußboden, stumme Briefkästen, in die Wand geschlagene Nischen, Türen davor, Deckel mit drei runden Löchern unten zum Hineinlugen, und wieder ein Briefkasten, der neben den anderen angebracht war, nachträglich von einem später zugezogenen Mieter an die Wand geschraubt, ein Holzkasten, so unterschieden von den anderen, daß hier alle schlechten Nachrichten hineingestoßen wurden, Mahnungen vom Gas- und Elektrizitätswerk, Vorladungen vor Gericht, zur Meldestelle, zum Verhör, Todesanzeigen, die Ablage des Außenseiters, der vorherbestimmt schien, all die Schläge einzustecken, die auf die Hausbewohner gezielt waren, so einen hatte es auch in der Schule in jeder Klasse gegeben. Riko schloß die Haustür, kalte Nachtluft, rechts aus dem Kellerfenster drang die Musik, aber damit hatte er schon nichts mehr zu tun; für heute, später Sonntagabend, ein paar Stunden, bevor er wieder in den Schlauch der nächsten Woche kriechen mußte, war dies alles gelaufen.
Das Gehabe der Tanzenden und jener, die herumstanden, erschien ihm jetzt abgenutzt, einfach zu durchschauen und so unbrauchbar, es waren wirkungslose Gesten der Beschwörung gegenüber etwas, das sich ganz außer ihrem Geltungsbereich vollzog, ja vollzog, wie der Strafvollzug, die Vollzugsanstalt, die Anstaltsordnung, die Ordnungsmacht, die Machtpolitik, was hatte Riko, was hatte der Sonntag, die Stechuhr damit zu tun? Riko zuckte zusammen, das Blut, die Säfte, Sekrete, gab es einen inneren Schweiß?, sogar der Urin in den Nieren, in der Blase sackte sekundenschnell ab und machte für Bruchteile eine kraftlose Hülle aus ihm, plötzlich in der stillen, dunklen Straße sah Riko die Freundin jener Karin, mit der er gestern im Hausflur geschmust hatte, auf die Stechuhr zukommen.
Aber Karin war nicht dabei, nein, die sah er nicht, es mußte jemand anders sein, eine andere Frau in einem beigen Mantel, und nun spülte wieder alles in Riko zurück, denen konnte er standhalten, dann waren sie auch schon vor ihm, wie geht's? Gut, und dir?, diese leerlaufenden Fragen, wie wenn man mit dem Fahrrad im ersten Gang anfuhr. Karin war nicht dabei?

Riko fragte wie gegen seinen Willen. Nein, sie grüßte ihn aber, er sollte sie doch einmal vom Kaufhaus abholen, er wußte doch, wo sie arbeitete. Riko ließ verstohlen den Blick über das fremde Mädchen huschen, diese dunklen, großen Augen, die dunklen Haare um das Gesicht, so schmal und fein war es, daß Rikos Freundlichkeit immer förmlicher wurde, wie sollte er sich sonst zusammenhalten. Sie gingen in die Stechuhr, ja? Sie waren im Kino gewesen, Dagmar und Karin, wir auch, aber am Nachmittag schon. Sie wollten aber bald nach Hause gehen, nur noch einmal schauen, Dagmar war noch nie unten gewesen.

Obwohl er von beiden gern unten angetroffen worden wäre, wollte er jetzt nicht mehr zurück, jene Dagmar, ihre Augen, ihr Gesicht nahmen ihm alle Beweglichkeit. Schade, sagte Karin, aber wir müssen jetzt weiter, hol' doch Karin nächste Woche ab, sie freut sich bestimmt.

Wer freute sich da nicht? Ich, ich freue mich nicht, da ging er doch nur hin, um zu sagen, daß er nie mehr kommen wollte, daß es zwischen Karin und ihm keine Zukunft geben konnte. Nun war er wieder für sich, so schnell ging das, kalte, funkelnde Seitenstraße, eine Stille zog über die Dächer der geparkten Autos hinweg, wie ebenmäßig lag das Pflaster, und was war durch diese Steinplatten alles zugedeckt worden, zusammengepreßt, plattgedrückt, eingezwängt, totgetreten, zerquetscht. Über den finsteren, sternenlosen Himmel brandeten die Geräusche von der Breiten Straße und den Planken her, entferntes Rauschen der Automotoren und dazwischen mehrmals, wie mitgetragen, die Klingel einer Straßenbahn, eine Sirene jaulte und wehte weg, Licht in den Ritzen der Fensterläden, Licht in das Holz geritzt, plötzlich trat die Häuserfront zurück, ein leergeräumtes Grundstück auf der Ecke lag da, Teer darübergeschüttet und mit Brettern großzügig verteilt.

Auf der anderen Straßenseite strahlte das Möbelgeschäft, in den ausgeleuchteten Fenstern standen die Musterküchen wie abgeleckt und so trostlos glatt einander zugeordnet, daß sie wie die Nachbildungen wirklicher Wohnküchen aussahen. Ein Mann und eine Frau standen untergehakt davor, ohne miteinander zu reden, Riko hörte seine eigenen Schritte über das Pflaster hallen, er ging so, daß die Kanten der Absätze scharf

und trocken auf den Boden knallten, die Frau fuhr erschrokken herum, eine leichte Panik verwirrte ihre Gesichtszüge, Riko ging vorbei, er kam auf die Breite Straße hinaus.
Die Quader der Kaufhäuser um den Paradeplatz standen in bleichen, zerlaufenen Farben da, die Lichter glommen im Dunst, das Denkmal auf dem Platz war nur mehr ein dunkler Brokken auf einem dunklen Sockel. Du fragst mir noch Löcher in den Bauch, hatte Rikos Mutter vor zehn und mehr Jahren gesagt, als sie mit ihm zum ersten Mal hier vorbeigekommen war und er wissen wollte, was dieser Gegenstand bedeutete. Es war nichts gewesen, nichts Besonderes, ein runder Sockel aus einem schwarz gewordenen Stein und darauf eine Art Tempel, mehrfach durchbrochen, so daß man auf den Sockel steigen, unter dem Aufbau hindurchgehen und nach allen Seiten schauen konnte; oben wucherten Figuren in die Höhe, Riko kannte sie nicht, halbnackte Frauen, Ritter, auch Fabelwesen, davon wußte er als Kind nichts. Der Sockel war die Enttäuschung gewesen, als Riko sich vom Arm der Mutter losgemacht hatte und zwischen den Blumenbeeten hindurch, eingefaßt von rötlichem Backstein, über den staubigen Platz gerannt war, um alles genauer zu untersuchen. Kein Loch war da, kein Brunnen oder Schacht, nichts, kein Geheimnis, nur ein spröder, zerfurchter, vom Großstadtruß zerfressener Stein, auf den Riko dann hochstieg und oben hin und her ging, erst enttäuscht, dann triumphierend, das Rätsel war gelöst, das Geheimnis besiegt, es gab kein Rätsel, und ein Geheimnis war einfach nicht da, die Stimme seiner Mutter klang schließlich so ungeduldig, daß er sich nicht traute, seinen Triumph noch länger auszukosten und sie dabei hinzuhalten, er rannte zurück.
Wieder schwamm eine Straßenbahn die Straße vom Schloß herunter, kalt ausgeleuchtet, und die Leute darin sahen gedankenverloren und gutartig aus, müde und satt von Sonntagserlebnissen; einige hatten Päckchen oder volle Taschen auf den Knien, das waren wahrscheinlich jene, die von den Besuchen bei ihren Verwandten zurückkehrten. Riko hätte jetzt einsteigen und die paar Stationen bis über die Neckarbrücke fahren können. Dann wäre der Tag auch schon vorbei gewesen, das Wochenende mit Muffs Unfall, so hätte Riko sein Leben Abschnitt um Abschnitt hinter sich gelassen, so zergingen die

Tage seiner Jugend, die Sehnsüchte schmolzen, bevor sie sich zu etwas verdichtet hatten, was aus Riko heraustreiben wollte, herausbrechen und weg. Er fühlte sich nun so kleinmütig, daß er in diesem Zustand nicht nach Hause gehen wollte, den Schlafanzug überstreifen, den Wecker stellen und vorsichtig in das kalte Bett kriechen; so betrübt wollte er nicht in der ungeheizten Toilette stehen und die Zähne putzen, die Lippen aufeinanderpressen und nach innen ziehen und sorgfältig nachsehen, ob es sich lohnte, sich heute noch zu rasieren.
Der Gedanke an die Mischung aus Wasser, Speichel und Zahnpasta im Mund, an den weißen Batzen, den er in den Spülstein platschen ließ, machte ihn noch mutloser. Wenn es irgendetwas gäbe, das von ihm wäre, ihm gehörte, in dem er sich wieder erkennen konnte als ein starker, freier Mensch! Wenn er doch bloß irgendetwas konnte, womit sich alles sagen ließ, ausdrücken, mitteilen, was sich ihm als ein Stück Blei in den Körper senkte und was ihn nun wegdrängte von der Haltestelle, vorbei am Paradeplatz und hin auf die Planken, noch einmal tiefer in die Stadt hinein, wenn er das einmal alles sagen, beschreiben konnte, was ihn in Nächten wie diesen so mißmutig stimmte, dann wäre ihm geholfen! Vor einem Jahr hatte er von Lothar ein Banjo geliehen, er wollte es ein paar Tage behalten, um es vielleicht zu kaufen, wenn es in Ordnung war. Diesen harten, scheppernden Klang des Banjos mochte er, da konnte er abends auf seinem Zimmer sitzen und drauflos dreschen, da knatterten die Akkorde heftig wie die Salven eines Maschinengewehrs, dieses Instrument wollte er beherrschen, obwohl die anderen davon abrieten, eine Gitarre bot mehr Möglichkeiten, sagte Jochen, auf einer Gitarre kannst du alles spielen, auch modernen Jazz, später, wenn du willst.
Aber Riko wollte keinen modernen Jazz spielen, er wollte überhaupt keine Musik spielen, auch keine sachten Lieder, nichts Melodiöses, es war ihm doch nur darum zu tun, mit dem Banjo auszudrücken, wie ihm zumute war nach einer Woche wie dieser, so nahe vor dem Beginn der nächsten. Das mußte ein Hämmern sein, jede Tonfolge wie das fetzende Geräusch, mit dem ein Stück Tapete von der Wand gerissen wurde, das mußte kurz und brutal kommen, ohne ein Nachschwingen,

ohne zarte Übergänge. Nichts Gleitendes sollte es da geben, kein Zirpen, kein langes, gezogenes Dahinschwinden von Tönen und kein süßes Blubbern, kein Damdamdoowidoo, wütend und monoton mußte das kommen, hartnäckig und unbeirrbar, mit einer erschreckenden Ausdauer, ein ins Endlose gedehnter Schock, in dem die Zuhörer wie in Zeitlupe versanken; übermächtig, zu allem entschlossen, ohne eine Spur von Schönheit, so mußte das kommen.

Dann war aber gar nichts herausgekommen. Das Banjo war nicht bundrein gewesen, nicht einmal richtig stimmen hatte Riko darauf gelernt, also legte er das Instrument auf den Schrank, dort schaute der Hals hervor; abends, wenn er nach dem Essen in sein Zimmer ging, ein Heftchen las, einen Zukunftsroman, oder wenn er nachts nach Hause kam, sah er den Hals des Banjos mit den vier Stimmwirbeln ins Zimmer ragen, den Schatten davon größer an der Wand. Riko mußte das Instrument zurückbringen, er tat es aber nicht, das konnte einstauben, so langsam wie sein Wunsch verging, Musik zu machen, ein Musiker zu werden, kaputte Waffel, trübe Schaufenster, Karin und Dagmar stiegen jetzt sicher schon die Treppen wieder hoch, waren schon längst wieder oben im Freien, standen an der Haltestelle, und hier trieben noch ein paar Tänzer über das Trottoir, taumeln, lodern, lichterloh brennen, und nicht so zusammengedrückt die Auslagen entlangziehen, an diesem Plunder! Vor den Fenstern war so erbärmlich wenig los, ein paar verlorene Fußgänger, eine gefleckte Katze, die geräuschlos um eine Parkuhr schlüpfte, die Bürgersteige lagen brach, zwei, drei Autos, deren Fahrer schon den ganzen Abend ziellos durch die Innenstadt kurvten, wie anders mußte es in Paris aussehen!

Immerhin war das hier die Prachtstraße der Stadt, hier standen im Sommer die weißgestrichenen Stühle und Tische vor den Cafés, ältere, gewichtig aussehende Frauen saßen darauf, ihre Einkaufstüten gegen die Tischbeine gelehnt oder daneben auf einen freien Stuhl gestellt, die jungen, hübschen Oberschülerinnen saßen da mit Sonnenbrillen und immer im Gespräch, während sie nebenbei im Eisbecher stocherten, und Riko hastete vorbei, irgendwohin, geradeaus, wollte wegtauchen unter möglichen Blicken, den Büroschweiß unter den Achseln,

Schweiß an den Hoden, im Schamhaar, und die Jeans klebten am Arsch, rutschten in die Spalte, er zog, er sollte sie gar nicht anhaben. Im Büro sollte er eine Hose mit Bügelfalten tragen, die Farbe gedeckt, Gabardin oder sowas, und beim Hinsetzen wie die anderen Angestellten den Stoff nach der Seite zerren, damit die Falten lange hielten und die Hosen nicht ausgebeult wurden.

Aber Riko hatte die Jeans anbehalten, stand trotzig vor dem polierten Schreibtisch des Abteilungsleiters und ließ nicht nach mit den Entgegnungen, nein, diese Hosen waren nicht schmutziger als andere, im Gegenteil, man konnte sie öfter waschen lassen, sie waren strapazierfähiger, nein, sie sahen auch nicht schlechter aus, sie waren längst nicht so unansehnlich wie die grauen Bürokittel, und Angestellte fielen ihm ein, die morgens im Betrieb in das abgewetzte Jackett aus dem Spind schlüpften, mit Lederflecken auf den Ellbogen, das bessere Jackett schonten sie für die Pause, den Feierabend oder für die Unterredung mit dem Chef. Na gut, sagte er, er überlegte es sich noch einmal, nahm die Mappe mit den Briefen, die der Chef inzwischen unterschrieben hatte, immer mit demselben unaufrichtigen Schwung, mit demselben abgenützten Blick auf das Blatt, damit er auch seinen Namenszug an die richtige Stelle setzte.

Schau mir nur nach, laß deinen Blick doch streng auf mir ruhen, wie du meinst, denke, was du willst, Arschloch, ich habe gewonnen, ich komme weiter in Jeans, Idiot, ich habe mich verteidigt! Dazu wieder diese Vorstellung, wie Riko EINES TAGES mit Nagelschuhen über den Schreibtisch stiefeln wollte und wie das Holz unter den sich langsam abrollenden Sohlen splitterte, wie es barst, der Lack wegsprang, die Holzfasern knirschten, ah!, noch einen Schritt und noch einen Schritt, schön langsam, wie von Sinnen, unbeirrbar wie ein Traumwandler, auf eine selbstverständliche Weise verrückt, nicht ansprechbar und unangefochten, Blätter, Schriftstücke, Dokumente, DIE KORRESPONDENZ blieb durchlöchert und zerfetzt in den Nägeln stecken wie das zusammengeknüllte und weggeworfene Papier am Nagelstock des Parkwächters. So konnte man auch über die Autos steigen, krranch, krranch, mit Nagelschuhen über die lackierten Dächer der Mercedes,

das Blech knallte darunter weg, zerknitterte wie Papier, Riko drückte sich in eine Seitenstraße, sah die Frontscheibe des Wiener Espresso vor sich, die Gestalten in dunklen Mänteln, die sich um die Theke scharten, und die paar anderen, die an den Tischen saßen; als Riko eingetreten war, bemerkte er, daß etliche Stühle auch leer herumstanden, so wirr durcheinander, als habe seit der Öffnung am Nachmittag keiner mehr einen Stuhl zurechtgerückt.
Die gelben Plastikbezüge waren aufgeplatzt, und die Wolle quoll dunkelgrau durch die zerschlissenen Nähte, am Tresen streiften die Leute Riko mit duldsamen Blicken, weiter drüben, gegen die eine Wand zu, lachten ein paar, wie um auf ihre Lebenslust aufmerksam zu machen. War heute ein besonderer Abend? Hier in dieser schmuddeligen Einrichtung, zwischen den von weißen Phantasiefiguren, schiefen Ornamenten übermalten schwarzen Wänden saßen Künstler der Stadt, ewig betrunkene Maler, unrasiert, mit knallfarbenen Schals, so wie man sie sich vorstellte, Jazzmusiker mit Schnauzbärten, großspurige Redner vor dem Tresen. An diesem Lokal war Riko bisher immer nur vorbeigegangen, verwirrt von den elegischen Gebärden, die er durch die Scheiben wahrnehmen konnte, die coole Art, mit der an Sommertagen ein paar vor dem Espresso standen, ein Bier oder nichts in der Hand, wovon lebten diese Leute? Die gingen doch nicht jeden Morgen in den Betrieb, die ließen sich doch von einem Abteilungsleiter nicht die Kleidung vorschreiben!
Riko streckte sich, bestellte ein Bier, sollte gleich zahlen, okay, neben ihm redeten zwei mit leiseren Stimmen über jemanden namens Zocker, der mußte bald wieder aus Schweden zurück sein mit seinem umgebauten VW-Bus; bleiche, schwitzende Gesichter, Bärte, die dünn über die Enden der Oberlippen hinunterwuchsen, weiter hinten schüttelte wieder ein Gelächter die Gruppe, und mit zwei, drei trippelnden Schritten tänzelte einer aus der Gruppe heraus, ein schmächtiger, graziler Mann in einem weißen Hemd, einer schwarzen Jacke und schwarzen Hosen, mit einem vollen, schwarzen Bart. Er schnippte mit den Fingern, machte eine elegante Verbeugung, als forderte er jemanden zu einem Menuett auf, die anderen lachten, Riko sah plötzlich auf den weit geöffneten, dunkelrot, beinahe lila ge-

schminkten Mund einer Frau, wie voll und offen sie lachte, wie unbefangen, ein Lachen für jeden. Schnell schaute er weg, er wollte nicht dabei bemerkt werden, wie er andere beobachtete; den Mann hatte er schon öfter einmal durch die Innenstadt gehen gesehen, er war ihm aufgefallen, weil er immer die gleichen Kleider anhatte, immer schwarz und weiß angezogen war, ein Maler schien es zu sein, jedenfalls hatte Riko das einmal so aufgeschnappt.

Ich bin für Hemingway zu begeistern, besonders wenn er Scheiße sagt, hörte Riko jemanden laut sagen, wenn ich aber darüber stark nachdenke, redete die Stimme mit lauter Betonung weiter, ist es die Ehrlichkeit, die ich an ihm bewundere. Riko sah den Mann an, jemand mit einem Wuschelkopf, die Krawatte aufgezogen, die beiden Enden hingen lose über das Hemd, ich liebe alles, was ehrlich ist, rief er jetzt aus, in den verrauchten Raum hinein, und fuhr sich ausdrucksvoll durch die Haare. Riko fühlte sich bedrängt. Er würde hier auf keine Frage unbekümmert antworten können, nicht einmal auf die nach der Uhrzeit. Nichts kam ihm hier harmlos vor, die Leute erschienen ihm hintergründig, jeden Augenblick konnten sie ihn beanspruchen, ohne ihm die Zeit zu lassen, sich etwas auszudenken.

Der schwarzweiß gekleidete Maler kam nun zu dem anderen herüber, der so nachdrücklich redete, Edgar, sagte jener wieder ähnlich laut und legte dem Maler den Arm um die Schulter, stell dir vor, ich bin aus der Kirche ausgetreten! Und der Maler sagte, das ist gar nichts, ich bin *in* der Kirche ausgetreten, er lachte gleich los, lachte sehr lange, aber so als wollte er mit dem ausgestoßenen Atem das Lachen bei sich, in seiner Nähe halten. Riko stürzte aus dem Espresso; erst draußen bemerkte er, daß er die Silberfolie, die um den Hals der Bierflasche gewickelt gewesen war, noch in der Hand hielt, er zog die Falten auseinander, das Silberpapier fühlte sich innen klebrig an, Riko warf es weg, dann mußte er auflachen über den Witz des Malers, die Frau fiel ihm wieder ein, ihr Mund, das weiße Schimmern ihres Büstenhalters unter der Bluse, die ebenfalls weiß gewesen war, die Frau mußte eine dunkle, stark gebräunte Haut haben, glatt und weich wahrscheinlich, ebenmäßig wie die Frauen auf den bunten Titelseiten der Illustrierten.

Es war jetzt so spät, daß Riko morgen früh auf jeden Fall unausgeschlafen aus dem Bett kam, und obwohl die Kälte allmählich heftiger unter die Kleider drang, in den Körper kroch, verstärkt durch den Wechsel aus der warmen Luft des Espresso, bekam Riko Lust, noch zum Bahnhof vorzugehen; der Abend hatte schon aufgehört, wie alle anderen zu sein, als Riko nicht mit Dotz und Peter die Stechuhr verlassen hatte, als er, noch früher, jener Tag war, an dem sie von Muffs Unfall erfahren hatten. Der Weg zum Bahnhof sollte ein Schicksalsweg sein, was für ein Wort, aber fuhr in der nächsten Stunde ein Zug nach Paris, würde Riko sich hineinsetzen und mitfahren, gleichgültig was passierte und welche Möglichkeiten ihm blieben, um sich nach der Rückkehr im Betrieb halten zu können, falls er überhaupt wiederkam! Dieser Entschluß erregte Riko so sehr, daß er unvermittelt ein paar Schritte rannte, bis er das bemerkte und wieder langsamer machte. Er ging aber zügig weiter, eine Angst befiel ihn, er könnte den Zug gerade um eine Minute verfehlen. Wie großartig! Morgen früh würde Riko ganz leicht vor Müdigkeit auf den Hügel von Sacré-Coeur steigen und auf die Stadt hinabschauen, genau wie Freddi das vorgeschlagen hatte, wenn man das erste Mal nach Paris kam.

Riko überquerte den Vorplatz vor dem Bahnhof, wo einige Leute im Schatten düsterer Stehdächer auf die letzten Straßenbahnen warteten, er schob die Glastür zum Bahnhof auf, halb zwölf zeigte die Uhr über den Sperren, die Uhr war größer als die Sonne, links drüben rumpelte eine Cola-Flasche polternd aus dem Automat, die ewigen schmierigen Flecken zwischen den Stehtischen, der Fahrplan mit dem schräg über Zeiten und Züge gedruckten Wort Abfahrt, ein Zug nach Paris fuhr aber erst am Morgen, gegen sieben, und er brauchte beinahe den ganzen Tag, um hinzukommen.

Trotzdem wollte Riko nicht aufgeben. Auf einer Bank im Wartesaal zweiter Klasse dachte er wieder an die Stadt, versuchte, sich das Häusermeer zu seinen Füßen vorzustellen, den Dunst, der wie schmächtige Rauchwolken aus den Straßenschluchten stieg, den Wirrwarr der vielen verschachtelten Dächer, Ateliers, grauen Fenster, Schornsteine, Kuppeln und Kirchtürme, und das Rauschen des Verkehrs, Häuser, ineinander-

geschoben wie Meereswellen bis zum Horizont. Ein paar Leute saßen schläfrig unter dem kalten Neonlicht des Wartesaals, die Holzbänke zogen sich die Wände entlang und knirschten, wenn jemand sich bewegte, die Bänke in der Mitte standen leer da, sie boten keine Rückendeckung. Jemand flüsterte, Papier raschelte, eine Tasche scharrte ledern über den Steinboden, als Riko die Hand an seinem Arm spürte, schlug er sie noch im Aufwachen weg, nana, sagte der eine der beiden Uniformierten, hast du eine Fahrkarte? Nein, die hatte er nicht, sie sollten ihn doch am Arsch lecken mit ihrer Fahrkarte, immer kamen sie an, in ihren grünen oder blauen Uniformen und versuchten hämisch, ihre Stiefel in den Traum zu stellen und darauf herumzutreten. Bist du verrückt geworden, Freundchen? Riko sollte aufstehen. Also gut. Er sollte die Hände aus den Taschen lassen. Ich kann meine Hände lassen, wo ich will! Raus damit! Nein! Raus!
Den Schlag sah Riko gar nicht kommen, ein Schatten, der unter seinem Auge weghuschte und abrupt stehenblieb, Riko knallte so schnell hin, daß er die Hand beim Versuch, sich abzufangen, nicht mehr aus der Manteltasche bekam, die Naht riß auf, der Stoff hing herunter, als Riko sich wieder aufrappelte, nach dem schmerzenden Backenknochen tastete. Morgen mußte er mit einer Sonnenbrille im Büro auftauchen, vielleicht kam er, ohne daß er in seiner Abteilung vermißt wurde, dazu, sich hinüber in die Lehrlingswerkstatt zu verdrücken, zwischen den Reihen der feilenden Lehrlinge hindurchzugehen, sich vor Dieter aufzupflanzen und zu warten, welche Bemerkung er über die Sonnenbrille machen würde.
Zuerst aber sollte Riko mitkommen auf die Bahnhofswache, die Personalien angeben und vernommen werden, es sah ganz nach Widerstand aus, was er sich da erlaubt hatte, sagte jener, der zugeschlagen hatte. Riko hörte nur halb hin, ihm schien, daß er, obwohl er zu Boden gegangen war, sich gegen die Bullen, gegen den unangekündigten, hinterhältigen Hieb des einen nicht schlecht gehalten hatte. Jetzt besaß er eine Geschichte, die er erzählen konnte, die anderen konnten sie bloß als Zuhörer mit ihm teilen. Als die Uniformierten loszogen, jeder eine Hand auf Rikos Rücken, begann auch das linke Knie zu schmerzen, Riko mußte darauf gestürzt sein,

das hatte er bisher, wie betäubt von dem Schock des Schlags und des Sturzes, nicht bemerkt. Du hättest eine Waffe in der Tasche haben können, sagte der Bulle, der nicht geschlagen hatte, es sollte etwas versöhnlich klingen, und der Schlag sollte damit zu etwas ganz Vernünftigem geworden sein, einem abwägenden Für und Wider unterstellt, das Ergebnis einer geistesgegenwärtig schnellen, trotzdem sachlichen Überlegung, das mußte Riko doch einsehen. Er hätte auch vorher nicht frech sein, den Kollegen nicht reizen sollen; so logisch war das, so vernünftig, so einsichtig lagen die Dinge, nicht wahr? Riko sagte nichts, benommen und stumpf ging er, eine Hand an der heruntergerissenen Manteltasche, zwischen den beiden Uniformierten durch die weite, inzwischen menschenleere Halle.

Jürgen Theobaldy, geboren 1944 in Straßburg, aufgewachsen in Mannheim, kaufmännische Lehre, Studium der Literaturwissenschaft in Heidelberg und Köln, seit 1974 in Westberlin.

Sperrsitz. Gedichte. Mit Zeichnungen von Berndt Höppner. Köln 1973 (Palmenpresse, Hauptstraße 73, 5 Köln 50)
Blaue Flecken. Gedichte. Mit Zeichnungen von Berndt Höppner. Reinbek 1974 (Rowohlt)
Zweiter Klasse. Gedichte. Berlin 1976 (Rotbuch)
Veränderung der Lyrik. Über westdeutsche Gedichte nach 1965. Zusammen mit Gustav Zürcher. München 1976 (Text + Kritik)
(Herausgeber)
Und ich bewege mich doch. Gedichte vor und nach 1968. München 1977 (C. H. Beck)
Übersetzungen, zusammen mit Rolf Eckart John:
Jim Burns, *Leben in Preston.* Gedichte. Köln 1973 (Palmenpresse)
Jim Burns, *Fred Engels bei Woolworth.* Berlin 1977 (Rotbuch)

Literarische Rotbücher

Alfred Behrens, *Die Fernsehliga*
Spielberichte vom Fußballgeschäft der Zukunft
Rotbuch 112. 96 Seiten. DM 7

Thomas Brasch, *Vor den Vätern sterben die Söhne*
Rotbuch 162. 112 Seiten. DM 8

Jim Burns, *Fred Engels bei Woolworth*
Gedichte
Rotbuch 173. 64 Seiten. DM 7

Ernest Callenbach, *Ökotopia*
Notizen und Reportagen von William Weston aus dem Jahre 1999
Rotbuch 200. ca. 224 Seiten. ca. DM 12

F. C. Delius, *Unsere Siemens-Welt*
Eine Festschrift. Erweiterte Neuausgabe mit einem Anhang über den Prozeß
Rotbuch 102. 160 Seiten. DM 10

F. C. Delius, *Ein Bankier auf der Flucht.* Gedichte und Reisebilder
Rotbuch 144. 72 Seiten. DM 7

Dario Fo, *Bezahlt wird nicht!*
Eine Farce
Rotbuch 166. 96 Seiten. DM 7

Dario Fo, *Einer für alle, alle für einen! Verzeihung, wer ist hier eigentlich der Boß? / Zufälliger Tod eines Anarchisten*
Mit einer Vorbemerkung von Helga Jungblut und Peter O. Chotjewitz
Rotbuch 188. 192 Seiten. DM 10

Christian Geissler, *Wird Zeit, daß wir leben*
Geschichte einer exemplarischen Aktion
Rotbuch 154. 240 Seiten. DM 14

Paul Gratzik, *Transportpaule oder wie man über den Hund kommt*
Monolog
Rotbuch 171. 200 Seiten. DM 10

Miklos Haraszti, *Stücklohn*
Vorwort von Heinrich Böll
Rotbuch 130. 120 Seiten. DM 7

Yaak Karsunke, *Bauernoper / Ruhrkampfrevue*
Nachwort: Erfahrungen bei der alternativen Kulturarbeit
Rotbuch 158. 128 Seiten. DM 8

Erich Köhler, *Der Krott*
Erzählung. Rotbuch 146. 96 Seiten. DM 7

Karl Mickel, *Einstein / Nausikaa*
Die Schrecken des Humanismus in 2 Stücken
Rotbuch 116. 96 S. DM 7

Karl Mickel, *Eisenzeit*
Gedichte. Rotbuch 156. 80 Seiten. DM 7

Karl Otto Mühl, *Rheinpromenade / Rosenmontag*
Zwei Stücke aus dem Westen
Rotbuch 122. 112 Seiten. DM 8

Heiner Müller, *Geschichten aus der Produktion 1*
Prosa / Stücke / Gedichte / Protokolle
Rotbuch 108. 160 Seiten. DM 9

Heiner Müller, *Geschichten aus der Produktion 2*
Stücke / Prosa / Gedichte
Rotbuch 126. 136 Seiten. DM 8

Heiner Müller, *Die Umsiedlerin oder Das Leben auf dem Lande*
Stücke / Prosa / Gedichte
Rotbuch 134. 136 Seiten. DM 8

Heiner Müller, *Theater-Arbeit*
Rotbuch 142. 128 Seiten. DM 9

Heiner Müller, *Germania Tod in Berlin*
Gedichte / Prosa / Stück
Rotbuch 176. 96 Seiten. DM 8

Heiner Müller, *Mauser*
Rotbuch 184. 96 Seiten. DM 8

Bahman Nirumand, *Feuer unterm Pfauenthron*
Verbotene Geschichten aus dem persischen Widerstand
Rotbuch 124. 96 Seiten. DM 6

Helga M. Novak, *Balladen vom kurzen Prozeß*
Rotbuch 138. 72 Seiten. DM 7

Helga M. Novak, *Die Landnahme von Torre Bela*
Prosa
Rotbuch 150. 72 Seiten. DM 7

Helga M. Novak, *Margarete mit dem Schrank*
Gedichte
Rotbuch 182. 80 Seiten. DM 8

Aras Ören, *Was will Niyazi in der Naunynstraße*
Ein Poem
Rotbuch 101. 72 Seiten. DM 7

Aras Ören, *Der kurze Traum aus Kagithane*
Ein Poem
Rotbuch 120. 96 Seiten. DM 6

Aras Ören, *Privatexil*
Gedichte
Rotbuch 168. 72 Seiten. DM 7

Birgit Pausch, *Die Verweigerungen der Johanna Glauflügel*
Erzählung
Rotbuch 164. 96 Seiten. DM 7

Pellizzi, Mali & Werner, *Bernie der Milliardenflipper*
Ein tragischer Comic aus der Hochfinanz
Rotbuch 128. 96 Seiten. DM 8

Peter Schneider, *Lenz*
Eine Erzählung
Rotbuch 104. 96 Seiten. DM 7

Peter Schneider, *... schon bist du ein Verfassungsfeind*
Das unerwartete Anschwellen der Personalakte des Lehrers Kleff
Rotbuch 140. 112 Seiten. DM 8